DE BUITENJONGEN

PAOLO COGNETTI BIJ DE BEZIGE BIJ

*De acht bergen*

Paolo Cognetti

# *De buitenjongen*

Vertaald door Yond Boeke
en Patty Krone

2018
DE BEZIGE BIJ
AMSTERDAM

De vertalers ontvingen voor deze vertaling een beurs van het Nederlands Letterenfonds.

Nederlands letterenfonds
dutch foundation
for literature


Eerste druk juni 2018
Tweede druk juni 2018
Derde druk september 2018
Oorspronkelijke titel *Il ragazzo selvatico*
Oorspronkelijke uitgever Terre di Mezzo Editore, Milaan
Omslagontwerp Moker Ontwerp
Foto auteur © Stephan Vanfleteren
Vormgeving binnenwerk Adriaan de Jonge
Druk Bariet Ten Brink, Meppel
ISBN 978 94 031 22304
NUR 302

debezigebij.nl

Dit boek is voor Gabriele en Remigio,
mijn leermeesters in de bergen.
En ter nagedachtenis aan Chris McCandless,
mijn inspiratiebron.

*Ik stond in de stralende zon,*
*ver boven de sparren,*
*liep over velden en bergen*
*van licht –*
*Ik doorwaadde doodstille meren – en de*
*gevangen golven fluisterden me*
*een geheim lied toe –*
*ik liep over witte oevers, en riep*
*de sluimerende gentianen*
*bij hun naam –*
*Ik droomde in de sneeuw van een*
*immense, begraven*
*bloemenstad –*
*stond op de bergen*
*als een stekelbloem –*
*en keek naar de rotsen,*
*hoge kliffen*
*voor zeeën van wind –*
*en zong voor me uit over een verre*
*zomer, die met zijn bittere*
*alpenrozen*
*mijn bloed deed gloeien*

Antonia Pozzi, *Sneeuwvelden*

# *Winter*

*Seizoen van de slaap*

# In de stad

Een paar winters geleden maakte ik een moeilijke tijd door. Het heeft nu denk ik weinig zin om te memoreren waar dat toenmalige gevoel van onbehagen uit voortkwam. Ik was dertig en voelde me futloos, verloren en ontgoocheld, zoals je je voelt wanneer iets wat je onderneemt op niets uitloopt. In mijn ogen was de toekomst op dat moment net zoiets onbestaanbaars als de gedachte dat je op reis gaat wanneer je ziek bent en het buiten regent. Ik had veel van mezelf gegeven, en wat was mijn beloning? Ik sleet mijn dagen in boekhandels, in ijzerwinkels, in het café tegenover mijn huis en op bed, waar ik door het raam naar de witte lucht van Milaan staarde. En vooral schreef ik niet, wat voor mij gelijkstaat aan niet slapen of niet eten: het was een leegte zoals ik die nog nooit eerder had ervaren.

Romans stonden me in die maanden tegen, maar ik voelde me wel aangetrokken tot verhalen van mensen die de wereld hadden afgewezen en de bossen in waren gegaan om de eenzaamheid te ervaren. Ik las *Walden* van Henry David Thoreau en *Geschiedenis van een berg* van Élisée Reclus. Ik werd met name getroffen door de reis van Chris McCandless, die door Jon Krakauer is beschreven in *De wildernis in*. Misschien wel omdat Chris geen negentiende-eeuwse filosoof was, maar een tijdgenoot van me die op zijn tweeëntwintigste afscheid had genomen van de stad, zijn familie, zijn studie en een op klassieke westerse leest geschoeide briljante toekomst, en helemaal alleen aan een eenzame zwerftocht was begonnen die zou eindigen met zijn hongerdood in Alaska. Toen het verhaal bekend werd, meenden veel mensen dat hij waarschijnlijk uit idealisme had gehandeld, dat het een vlucht uit de werkelijkheid was geweest, of dat hij wellicht tot zelfmoord neigde. Ik had het gevoel dat ik zijn keuze begreep, en inwendig bewonderde ik hem erom. Chris had niet genoeg tijd gehad om een boek te schrijven, misschien was hij dat niet eens van plan geweest, maar hij hield van Thoreau en had diens manifest overgenomen: 'Ik ging de bossen in omdat ik bewust wilde leven, om me alleen met het wezenlijke bezig te houden en te onderzoeken of ik niet kon leren wat het leven me moest leren, zodat ik niet op mijn sterfbed zou moeten ontdekken dat ik niet geleefd had. Ik wenste niet te leven wat niet het leven was, en ook wilde ik me niet overgeven aan berusting, tenzij dat noodzakelijk was. Ik wilde het leven diep doorleven en alle merg eruit zuigen, om zo dapper en spartaans te leven dat ik alles wat niet het leven was kon verdrijven, om het kort af te maaien in een breed zwad, om het leven in een hoek te drijven en het terug te brengen tot het geringste wat het vereiste en, als het minderwaardig bleek te zijn, dan ook de hele, ware minderwaardigheid ervan te ervaren en de wereld te laten weten hoe minderwaardig het is; of om het, als het subliem zou zijn, uit eigen ervaring te leren kennen en in staat te zijn er een waarachtig verslag van te doen in mijn komende reisverslag.'

Ik was al in geen tien jaar meer in de bergen geweest. Tot mijn twintigste had ik er elke zomer doorgebracht. Voor mij, stadskind, geboren en getogen in een appartement, opgegroeid in een wijk waarin je niet op een binnenplaats kon spelen of de straat op kon, waren de bergen altijd de meest volmaakte belichaming van het begrip vrijheid geweest. Ik had me er leren verplaatsen, aanvankelijk onbeholpen maar later heel natuurlijk, zoals andere kinderen leren zwemmen omdat een volwassene ze in het water gooit: op mijn achtste of negende was ik begonnen over gletsjers te lopen en rotsen te beklimmen, en al snel was ik meer op mijn gemak op bergpaden dan in de straten van mijn eigen stad. Tien maanden per jaar voelde ik me gevangen in nette kleren en in een gezagssysteem vol regels waaraan je je diende te houden; in de bergen schudde ik dat allemaal van me af en gaf ik mijn ware aard de ruimte. Het was een ander soort vrijheid dan de vrijheid om te kunnen reizen en mensen te ontmoeten, of nachtenlang te drinken, te zingen en vrouwen te versieren, of vrienden bereid te vinden grootse dingen te ondernemen. Allemaal vormen van vrijheid die ik dermate waardeerde dat ik op mijn twintigste meende ze allemaal uit-en-ter-na te moeten onderzoeken, en zo was ik op mijn dertigste bijna vergeten hoe het was om alleen in een bos te zijn, of in een bergbeek te liggen, of over een bergkam te lopen met daarachter louter de lucht. Die dingen had ik allemaal gedaan, en dat waren mijn gelukkigste herinneringen. Ik had het gevoel dat die buitenjongen en de grootsteedse jongeman die ik was geworden in alles elkaars tegenpool waren, en aan dat gevoel ontsproot mijn verlangen naar hem op zoek te gaan. Ik had niet zozeer behoefte om te vertrekken, als wel om terug te keren; niet om een onbekend deel van mezelf te ontdekken, als wel om een oud, diepgeworteld deel terug te vinden dat ik naar mijn idee was kwijtgeraakt.

* * *

Ik had wat geld opzijgelegd, genoeg om een paar maanden van te leven zonder te hoeven werken. Ik ging op zoek naar een huis ver van de bewoonde wereld, dat zo hoog mogelijk lag. Er bestaan geen grote verlaten gebieden in de Alpen, maar om datgene te ervaren waar ik naar verlangde, hoefde je niet naar Alaska. In de lente vond ik de juiste plek in het dal naast dat waarin ik was opgegroeid: een almhut van hout en steen op negentienhonderd meter hoogte, waar de laatste coniferenbossen plaatsmaken voor zomerweiden. Een plek waar ik nog nooit was geweest, maar een landschap dat ik goed kende, aan de andere kant van de bergen waar ik als kind rondstruinde. De hut lag op ongeveer tien kilometer van het dichtstbijzijnde dorp en op een paar minuten afstand van een vakantieoord dat 's zomers en 's winters volstroomde, maar dat toen ik er op 25 april aankwam volstrekt uitgestorven was. De velden waren nog in winterslaap, bruin en oker gekleurd door de dooi; op de schaduwhellingen van de bergen lag nog sneeuw. Ik liet de auto staan waar het asfalt ophield, deed mijn rugzak om en liep het ezelpad op, omhoog door een bos en daarna over een besneeuwd weiland tot aan een groepje vervallen almhutten – op één opgeknapte na, die ik had gehuurd. Toen ik bij de deur was, draaide ik me om: rondom me niets dan bos, velden en die paar verlaten bouwvallen, met in de verte de bergen die het Aostadal aan de zuidkant begrenzen, richting Gran Paradiso; en verder een uitgeholde boomstam waarboven een waterslang was bevestigd, de resten van een stapelmuurtje en een klaterend stroompje. Dat zou mijn wereld zijn voor een periode die ik niet had vastgelegd, omdat ik niet wist hoe het zou gaan. Die dag was de lucht somber en grijs, een ijskoude ochtend zonder licht. Het lag geenszins in mijn bedoeling mezelf aan een kwelling te onderwerpen: als die plek me iets goeds bracht, zou ik blijven, maar het zou ook kunnen dat ik er tot nog grotere wanhoop verviel, en in dat geval zou ik onmiddellijk mijn biezen pakken. Ik had boeken en schriften meegenomen. Ik hoopte mettertijd weer aan het schrijven te gaan. Maar nu had ik het koud; ik moest een trui aantrekken en het vuur aanmaken, en dus duwde ik de deur open en ging mijn nieuwe huis binnen.

# *Lente*

*Seizoen van afzondering en beschouwing*

# Huizen

Het doet wat met je als je in de lente weer als eerste een almhut betreedt. Je opent de luiken van kamers die maandenlang dicht zijn geweest, met de vorst als enige bewoner en dakramen bedekt met sneeuw. Ik ging met mijn vinger langs de tafel, de stoel, de keukenplank waar een laag stof op lag, als in de haard vergeten as. Zouden huizen een manier hebben om te voelen dat de tijd verstrijkt? Of duurt een winter voor hen maar eventjes? Ik dacht terug aan de dag, tien jaar eerder, dat ik voor de laatste keer, nadat ik mijn blik nog eens langdurig over alles heen had laten glijden, door die andere deur was weggegaan. Het gevoel van terugkeren dat ik op dit moment ervoer werd niet zozeer ingegeven door mijn ogen als wel door mijn neus, het was de geur van hars die me verzekerde dat ik weer thuis was. Ik vroeg het huis: was het een erg strenge winter? Ik stelde me voor hoe het in januarinachten, als de temperatuur in de bergen daalt naar min twintig, had gesteund en gekraakt, en hoe het zich later, met lauwwarme muren en sneeuw die in de dakgoten drupte, had gekoesterd in het bleke maartzonnetje. Als het de bedoeling van een huis is dat het bewoond wordt, dacht ik, ervoer het misschien wel een bepaald soort vreugde als het gewaarwerd dat er weer een mens met brandhout af en aan liep, de kachel aanstak, zijn handen waste in de keuken. Dan begon het uit de sneeuw en rotsen afkomstige water weer door de muren te stromen als sap door een boom, het vuur als bloed door een lichaam.

In een verhaal van Mario Rigoni Stern dat ik erg mooi vind, *Mijn vier huizen*, laat hij de stadia van zijn leven de revue passeren aan de hand van de huizen waarin hij heeft gewoond. Het zijn niet allemaal echte huizen: je kunt een huis ook in je verbeelding bewonen, of het lenen uit andermans herinnering. Het eerste was een verloren gegaan huis: het vierhonderd jaar oude familiehuis van de Sterns dat in de Eerste Wereldoorlog werd verwoest. Mario, die werd geboren in 1921, kende het uit de verhalen van de ouderen: hij betreurde het dat hij niet was geboren op de plek die de schakel vormde tussen zijn familie en zijn land, die stond voor het gevoel van vaderland dat voor bergbewoners niet gelijkstaat aan de natie maar aan een taal, aan de namen van dingen en plekken, aan seizoensgebonden werkzaamheden, aan de juiste manier om die te verrichten. Het tweede was een echt huis, dat van zijn kindertijd, vol geheime hoekjes, zoals huizen waar we kind zijn geweest nu eenmaal zijn. Het derde was een denkbeeldig huis: toen Mario in 1945 in het gevangenenkamp zat, had hij de hand weten te leggen op een vel papier en een potlood, en had hij eindeloze hongerdagen doorgebracht met het tekenen van een almhut. Hij stelde zich voor dat die op een open plek op een berg stond en dat hij zou leven van de jacht, van boeken en van eenzaamheid, om zo, net als Nick Adams uit Hemingways verhaal *De grote dubbelhartige rivier*, van de oorlog te genezen. Die tekening hield de wanhoop lange tijd op afstand. Het vierde was een huis dat hij daadwerkelijk bouwde en waarin hij vijftig jaar woonde, met ramen die uitkeken op het bos en de bijenkasten, de velden waar reeën graasden, de moestuin en de houtschuur, 'met mijn vrouw, mijn boeken, mijn schilderijen, mijn wijn en mijn herinneringen'.

Ik stel me zo voor dat het wonen in een huis dat je eigenhandig hebt gebouwd grote gemoedsrust met zich meebrengt. Ik had dat voorrecht niet: de hut waar ik woonde was daar ik weet niet hoelang geleden door bergbewoners neergezet om vee en mensen te herbergen als ze 's zomers op de alm bivakkeerden, en was een jaar of tien voor mijn komst verbouwd en van alle gemakken voorzien. Er waren maar twee ruimtes: beneden, waar ooit de stal was, bevonden zich nu de badkamer en de slaapkamer met een hangkast, een ladekast en de kachel; boven was de keuken met een gasfornuis, een divan, een tafel met twee banken en een stoel. Maar de natuurstenen muren waren nog steeds dezelfde als toen de hut werd gebouwd, en als ik ze aanraakte vroeg ik me af hoeveel handen erlangs waren gegaan, hoeveel houtrook, hoeveel adem van dieren, hoeveel polenta- en melkdampen. Op sommige plekken zat er een grote spijker of een half verkoolde houten pin tussen de stenen. Wat hingen ze daar op, wie was de man die ze erin had geslagen? Het wemelde in het huis van de geesten, maar dat joeg me geen angst aan: ik had een beetje het idee dat ik met al die bergbewoners samenwoonde, dat ik ze leerde kennen aan de hand van de ruimtes en de vorm van de voorwerpen, het roet dat de muur op sommige plekken nog zwart kleurde.

Het huis waar ik als kind de zomers doorbracht was in 1855 gebouwd als hotel, maar was in mijn jeugd al behoorlijk vervallen. Het stond iets buiten het dorp, aan het einde van een beukenlaan en aan de voet van een waterval die tijdens nazomerse buien zeer onstuimig werd. Een bord op het afgebladderde pleisterwerk van de voorgevel herinnerde aan het verblijf van koningin Margaretha van Savoye, toen de garage nog een balzaal was en het door onkruid overwoekerde platte dak een terras waar 's middags de thee werd geserveerd. Het hotel was tot eind jaren dertig in bedrijf geweest, maar werd in de oorlog gevorderd door de Duitsers en daarna verkocht, en vijftig jaar na dato bood het de aanblik van een voornaam, in verval geraakt landhuis: het behoorde toe aan twee zusters op leeftijd die het hadden opgesplitst in appartementen die ze 's zomers verhuurden om wat bij te verdienen; de rest van het jaar stond het leeg. Omdat het onderhouden noch verwarmd werd, liep het elke winter meer schade op en de sneeuwbuien van april 1986 betekenden de nekslag: een deel van het gebouw werd door een lawine meegesleurd en een hele vleugel werd als bouwvallig aangemerkt. Die zomer waren er in de nog overeind staande muren grote scheuren verschenen, en met de jaren zouden de brandnetels steeds weliger tieren op het door niemand weggehaalde puin. Maar ik herinner me niet zozeer de bouwval als wel mijn verbijstering over het feit dat er begin juli nog sneeuw lag, en dan ook nog eens zo'n dikke, stijf bevroren laag dat je erop kon sleeën. Het bleef voor altijd 'de zomer van de lawine'.

Komend vanuit de stad had ik altijd weer het gevoel een andere tijd binnen te stappen, een tijd waarin gootstenen nog echt van steen waren en je in bad ging in emaillen kuipen en teilen. In het plafond van de zolder waar ik sliep stonden twee meisjesnamen gekerfd: Angela en Maddalena. Ik wist dat in die kamers ooit het personeel had geslapen, dus ik vroeg me af of Angela en Maddalena misschien kamermeisjes waren uit het begin van de eeuw, in dienst van een of andere hofdame, en stelde me hun avondlijke gesprekken voor. Ik weet niet of huizen een ziel hebben, maar ik heb een flink deel van de mijne in dat huis achtergelaten: ik heb er vanaf 1979 bijna twintig jaar lang twee maanden per jaar gewoond. Het einde van de twintigste eeuw betekende ook het einde van het oude hotel: verkocht, gesloopt en vervangen door nieuwe appartementen. En zo resten er van die plek 'nu uitsluitend nog deze woorden,' zoals Mario Rigoni Stern schrijft.

Ik dacht terug aan de zomer van de lawine en keek naar de sneeuwvlekken op de wei tegenover de hut. Ze lagen weliswaar in de schaduw van het bos, maar smolten toch elke dag een beetje meer: over het veld liepen stroompjes water omlaag die zwarte natte aarde blootlegden, en gras dat er verzengd uitzag. Vogeltjes met een witte buik en een donkere rug pikten aan de rand van de sneeuw in de grond. Ik had er een boek bij gepakt om te kijken wat het waren en was er zo goed als zeker van dat het om sneeuwvinken ging: 'Ze zoeken in van smeltwater doordrenkte grond naar insectenlarven', stond er, 'en ze nestelen in rotsholtes of in de muren van almhutten.' Twee hadden er inderdaad een nest gemaakt boven de nokbalk van mijn hut, precies in dat beschutte, donkere driehoekje tussen de balk en het dak. Ze vlogen af en aan tussen het veld en het nest, en hielden me gezelschap toen ik aan de tafel bij het raam zat te eten.

's Middags kwam er een dichte mist opzetten: ik zag hem van onder uit het dal aan komen rollen, omhoogklimmen langs de weilanden en de bossen, en ten slotte alles opslokken. Totdat de duisternis inviel zat ik midden in die dikke witte deken. 's Avonds geen maan, geen sterren, maar regen vermengd met wat sneeuw, die begon te vallen toen ik naar bed ging.

's Nachts had ik moeite met inslapen. Ik was niet gewend aan de hoogte, mijn hart klopte sneller dan normaal en ik had het gevoel een trommel in mijn borst te hebben. Geluiden zijn niet als geuren, het vergt tijd om je erdoor in slaap te laten wiegen, niet bij elk nieuw geluid op te schrikken. En dus staarde ik met wijd open ogen naar het plafond en dacht: dat is het nagloeiende vuur dat knettert in de kachel. Dat is de motor van de oude koelkast die aanslaat. Dat is de regen op het stenen dak. En die stappen buiten, tegen drie uur in de ochtend, wat waren dat? Ze liepen om het huis, draalden bij de deur. In de stad zou je onwillekeurig aan een dief denken, maar hier moest ik een beroep doen op mijn meest rationele ik om mezelf ervan te overtuigen dat die bezoeker niets anders was dan wild op zoek naar voedsel. Het hielp niet erg: ik deed de rest van de nacht geen oog meer dicht, en bij het ochtendgloren besloot ik uiteindelijk dan maar op te staan en koffie te zetten.

# Topografie

Élisée Reclus, een negentiende-eeuwse geograaf en anarchist die vanwege zijn ideeën lang verbannen is geweest, schrijft: 'Vanaf elke top, vanuit elk ravijn en vanaf elke helling manifesteert het berglandschap zich met een nieuw reliëf, met een ander profiel. Eén berg is in feite een hele groep bergen, net als op volle zee elke golf een stapeling van ontelbare golfjes is. Om de architectuur van de bergen in haar geheel te kunnen vatten, dient men ze te bestuderen, ze in alle richtingen te doorkruisen, er elke steile helling van te beklimmen, door te dringen tot in de kleinste kloof. Voor wie ze in hun geheel wil doorgronden, zijn ze oneindig – zoals alles.'

Met deze instelling begon ik aan mijn verkenningstochten. Om te zien waar het heen ging, sloeg ik het pad in dat vanaf de hut omhoogliep. Ik kwam door een lariksbos, waar de hoge, kale stammen hier en daar werden afgewisseld door het groen van een jonge spar. Wat hogerop werd het geboomte dunner: op de weiden aan de zonzijde kwamen de eerste krokussen al op, maar ik hoefde de zuidkant van de helling maar in te ruilen voor de westkant of ik liep over sneeuw in plaats van gras. Alsof de hele berg ervan doordrenkt was, borrelde overal, uit gaten tussen stenen, vanonder de blootliggende wortels van een lariks, water op en vormde modderige stroompjes. Daar waar het pad noordwaarts afboog zakte ik bijna tot mijn middel weg in de sneeuw; ik klauterde uit het gat omhoog en besloot terug te gaan. Met grote sprongen daalde ik af, brullend als een yeti. Ik was nog net niet zover dat ik in mezelf praatte, maar zingen deed ik vol overgave; liefdesliedjes, bergliederen, strijdliederen – ik had al een week geen levende ziel gezien en hield mezelf op die manier gezelschap.

Ik had gedacht dat het gevoel van eenzaamheid gaandeweg zou toenemen, maar het tegendeel gebeurde: de eerste dagen had ik me ontheemd gevoeld, maar daarna had ik volop dingen te doen. De kaart van het gebied aanvullen, een lijst maken van dieren en planten, hout sprokkelen in het bos, experimenteren met hars, het veld rondom de hut kuisen. De smeltende sneeuw gaf allerlei geheimen prijs: een marmottenschedel, houtskool van een open vuur, bandensporen van een tractor. Het holletje van een net uit zijn winterslaap ontwaakte muis gaf me moed: als die het zes maanden heeft gered onder de sneeuw, dacht ik bij mezelf, dan zullen mijn zes maanden in de zon kinderspel zijn.

Wat de kaart betreft, die begon meteen buiten de voordeur en breidde zich uit naarmate ik ontdekte wat er zich in de omgeving bevond. Ik werkte aan de hand van verkenningstochten, dingen die ik las, archeologische vondsten en vage gevolgtrekkingen. Ik woonde in een gehuchtje, Fontane geheten. Ik zat in de eerste van een rij van vier almhutten, met de voorkant op het zuiden, boven in een dalletje waar een naamloos beekje doorheen stroomde. Ooit, toen die almen nog werden gebruikt, liep er vanaf het dorp, dat toen nog het hele jaar bewoond was, een ezelpad naar het gehucht. Het was uitgegraven in de grond en werd aan weerszijden begrensd door stapelmuurtjes, zodat de beesten die eroverheen liepen niet de weilanden in zouden gaan. Op sommige plekken kon je het nog onderscheiden, een één meter brede geul die langs het bos liep, hier en daar geflankeerd door hoopjes witte, door de vroegere herders met hamer en beitel gekante stenen. Het iets lager stromende beekje, waaraan het gehucht zijn bestaan te danken had, moest het zonder naam stellen omdat het zo kort was: ik mat hoeveel passen het was en kwam niet verder dan honderd. Het ontsprong aan een bron midden in het weiland en mondde een stukje lager uit in een andere beek. Het stroomde over een bed van fijne kiezels met een witblauwe weerschijn dat onwaarschijnlijk veel weg had van een rivierbedding. Naast het beekje stonden kleine stenen bouwsels, voor elke almhut één. Dat waren de opslagruimtes waar de melk na het melken naartoe werd gebracht: het stromende water zorgde ervoor dat die afkoelde en dat de room, die later tot boter zou worden verwerkt, boven kwam drijven. In mijn opslagruimte bevond zich niet langer melk, maar een elektrische pomp die het water vanuit het beekje naar mijn hut pompte. Ik waste mijn handen en dronk water als een stadsmens, dat wil zeggen door de kraan open te draaien en het warme en koude water naar believen te mengen, maar realiseerde me als ik dat deed altijd dat het water dáárvandaan kwam, vanuit dat witblauwe kiezelbed tussen het gras, en 's nachts meende ik er de rijp in te proeven.

Het bronrijke, vol in de zon liggende terrein dat me omringde, was vele eeuwen her ontbost, van stenen ontdaan en waar nodig van terrassen voorzien, aanvankelijk om er rogge te verbouwen en vee te laten grazen, en daarna om er skipistes aan te leggen. Tot aan de jaren vijftig was er daar nauwelijks een boom te vinden, en hetzelfde gold voor wild: ik heb oude foto's gezien waarop het bouwland zich tot onvoorstelbare hoogten uitstrekt en de hele berg eruitziet als een keurig onderhouden akker. Na de Tweede Wereldoorlog was de uittocht uit de hogergelegen gebieden begonnen en hadden de bossen terrein herwonnen. Het bos vlak bij mijn hut was zo'n vijftig jaar eerder opnieuw aangeplant: de lariksen waren tamelijk jong, allemaal even hoog, en zo uitgedund dat aan de voet ervan gras bleef groeien. Ten slotte was in de jaren zeventig en tachtig een deel van die bomen óók weer omgehakt, om ruimte te maken voor de pistes die de bergwanden als lawinesporen doorsneden. Er waren pylonen van skiliften verrezen, een aantal geaccidenteerde hellingen was afgevlakt en zo had de plek zijn huidige aanzien gekregen.

Waarom interesseerde die geschiedenis me zo? Omdat ik mezelf steeds iets heel simpels moest voorhouden: dat het uit bomen, velden en beken bestaande landschap om me heen, dat er zo authentiek en ongerept uitzag, in werkelijkheid het product was van vele eeuwen mensenwerk; het was net zo'n kunstmatig landschap als een stad dat is. Zonder de mens had niets daarboven de vorm gekregen die het nu had. Ook het beekje niet, noch veel van de majestueuze bomen. Zelfs het weiland waar ik in de zon ging liggen, zou een door omgevallen boomstammen en afgebroken takken ondoordringbaar dicht bos zijn geweest, vol met mos bedekte rotsblokken en een weelderige ondergroei van jeneverstruiken, bosbessen en vervlochten wortels. In de Alpen is geen sprake van wildernis maar van een lange geschiedenis van menselijke aanwezigheid, waarin nu een kentering is gekomen: er zijn mensen die dat aan het hart gaat als betreft het de teloorgang van een beschaving, ik daarentegen merkte dat ik blij werd als ik op een bouwval stuitte die door de ondergroei was opgeslokt, een boom die was opgeschoten op een plek waar ooit graan was gezaaid. Maar het was niet mijn geschiedenis die verdween. Ik, die droomde van de terugkeer van wolven en beren, had in de bergen geen wortels, had niets te verliezen als die zich uiteindelijk van de mens zouden ontdoen.

Zo kregen mijn verkenningstochten steeds meer het karakter van een onderzoek, een poging de verhalen te lezen die in de grond geschreven stonden. Ook verzamelde ik – minder poëtisch – oude rommel. Een verrotte en half onder de mest begraven houten emmer, een verroest slot. Het verhaal dat me interesseerde had louter betrekking op de mensen erachter: waarom bijvoorbeeld had de hut achter me aan één kant een uitbouw? Waren de zaken op een gegeven moment wellicht beter gegaan en had de veehouder behoefte gehad aan een ruimere stal? Het was de grootste hut van allemaal, maar ook de soberste. Piepkleine raampjes, drie losse planken die als balkon dienden. De derde hut had een spiegelbeeldige plattegrond en lag juist met de voorzijde op het noorden. Er zal vermoedelijk een goede reden zijn geweest om van de zon af te zien: misschien ruzie over erfgrenzen? De vierde hut ten slotte was het best onderhouden en wellicht ook het nieuwst. Hij had een balkonnetje met hier en daar wat houtsnijwerk, ruiten met glas erin en zelfs gepleisterde buitenmuren. Een grof kalkmengsel met hier en daar een bobbel, gebroken wit, een kleur die ik erg mooi vond. Buiten stonden twee gammele rennen voor konijnen of kippen of ander pluimvee. Omdat het gehucht enigszins tegen de helling op was gebouwd, lag de witte almhut het hoogst en keek uit op de spiegelbeeldige, die met de grote stal en de mijne, die weliswaar het laagst lag maar waar je van een onbelemmerd uitzicht genoot.

Soms, als ik ernaar keek, vroeg ik me af: zou er echt een tijd zijn geweest waarin Fontane bewoond was? Het kostte me moeite het me voor te stellen; van kinds af aan had ik in de bergen alleen maar bouwvallen gezien. Ik had de indruk dat het heden er al lang geleden was verworden tot een hoop scherven die niet meer aan elkaar te lijmen waren. Je kon ze alleen maar door je handen laten gaan en raden waartoe ze hadden gediend, zoals ik soms deed als ik een steen optilde en eronder een houten steel, een grote kromme spijker, een kluwen ijzerdraad of een verroeste spade vond.

Hoewel het enigszins lachwekkend was, had elke hut zijn eigen huisnummer. Op een bepaald moment had een of andere gemeenteambtenaar blijkbaar de taak toebedeeld gekregen om alle bouwsels te registreren, en dus hadden ook de her en der in de bergen verspreide bouwvallen een plaatje met een nummer. Ik had nummer één. Op een dag, zo bedacht ik, ga ik naar het dal en stuur mezelf een kaart, *Fontane 1*, en dan ga ik vervolgens hierboven zitten wachten tot de postbode het pad op komt. De hut met de grote stal was nummer twee, de spiegelbeeldige nummer drie en de witgepleisterde vier. Maar daar woonden alleen de zevenslapers en de dassen die ik af en toe hoorde rondscharrelen. De bevolking, dat was ik. Net als Robinson op het onbewoonde eiland was ik 'heer, koning en keizer van het hele land dat ik in bezit had'. Ik vertegenwoordigde tegelijkertijd de meest vooraanstaande en de tot armoe vervallen bewoner, de adellijke grondeigenaar en de trouwe opzichter, de waard, de dronkenlap, de rechter, de dorpsgek: ik zat opgescheept met zoveel ik's dat ik soms 's avonds een ommetje door het bos ging maken om even alleen te zijn.

## Sneeuw

Toen ik half mei op een ochtend wakker werd sneeuwde het. Op de velden bloeiden de viooltjes al, maar rond het middaguur was alles om me heen helemaal wit. Onweer met bliksemflitsen en donderslagen, zoals je dat 's zomers hebt, had de winter naar deze streken teruggevoerd. Ik bleef de hele dag bij de warme kachel zitten lezen en keek af en toe naar buiten. Ik mat de sneeuwlaag die zich op mijn balkon ophoopte: vijf, tien, vijftien centimeter. Ik vroeg me af wat er zou gebeuren met de bloemen, de insecten en de vogels die ik had gezien, en het feit dat hun lente werd afgebroken vervulde me met een zeker gevoel van onrechtvaardigheid. Ik zocht het verhaal op waarin Rigoni Stern late sneeuwbuien rubriceerde: in maart had je zwaluwsneeuw, in april koekoeksneeuw, en als laatste had je nog de kwartelsneeuw. 'Een wolk die uit het noorden aan komt zetten, een windstoot, een snelle daling in temperatuur, en ineens sneeuwt het in mei. Het houdt maar een paar uur aan, maar dat volstaat om nestelende vogels de schrik van hun leven te bezorgen, buiten hun kast verraste bijen de dood in te jagen en problemen te creëren voor reegeiten die op werpen staan.'

Tegen zeven uur 's avonds klaarde het op, en toen de zon vlak voordat die onderging door de wolken brak, schitterde een witte vlakte me tegemoet. Ik trok mijn windjack en mijn wandelschoenen aan en ging een eind lopen. In de sneeuw zag ik allerlei wildsporen: een haas, een koppel reeën, ontzettend veel vogels, en afdrukken die ik niet kon thuisbrengen. Ik was verbaasd dat ik zoveel leven aantrof, terwijl ik me, als ik binnen zat, zo ellendig voelde omdat ik dacht dat ik helemaal alleen was. Zij waren er aldoor al geweest, bestudeerden me, snoven mijn geur op, hielden mijn doen en laten in de gaten, maar ik had ogen die niets zagen en keek door het raam naar het bos zonder ook maar iets op te merken. Ik vroeg me af of het me mettertijd zou lukken dichter bij ze in de buurt te komen, of ze me van lieverlee zouden gaan vertrouwen. Zoals de zaken er nu voor stonden, kon ik alleen hun sporen volgen – ik koos die van de haas omdat ik die leuk vond: ze waren V-vormig en kwamen vlak bij het ezelpad sprongsgewijs onder een jeneverbesstruik vandaan. Ze volgden een tijdje het pad en bogen toen tot mijn verbazing af in de richting van mijn hut. De haas had een rondje om de oude lariks gelopen, was gaan drinken bij de waterslang en was zelfs op de tafel gesprongen die in het veld stond. Daar zag ik maar één afdruk, hij was erop en er weer af gesprongen: ik stelde me voor hoe hij om zich heen had gekeken en de tekenen van mijn aanwezigheid had opgemerkt: de rook uit de schoorsteen, het snoeimes en de zaag die naast de houtschuur hingen, de deken over de rand van het balkon. Ten slotte was hij over de omheining in de richting van de beek verdwenen. Op zijn sporen was geen nieuwe sneeuw gevallen, dus terwijl ik hém volgde was hij míj komen opzoeken.

Tijdens de sneeuwbui had ik een enorme klap gehoord, alsof het vlakbij onweerde. Toen ik in het bos ging kijken, stuitte ik op een omgevallen lariks. De stam was tot op manshoogte gespleten en het lange, grillig gevormde restant ervan stak nog een meter of twee de lucht in. Het was een vreemd gezicht die boom daar zo hulpeloos maar nog levend op de grond te zien liggen. De takken vol knoppen zakten weg in de sneeuw en ik had het idee hem als een dier in doodsnood te horen reutelen. Het waren zijn nieuwe naalden, die sinds een maand waren uitgelopen, die hem de das hadden omgedaan: in de winter is een lariks naaldloos en blijft er weinig sneeuw op zijn takken liggen, maar nu hadden de natte, zware vlokken zich in grote hoeveelheden tussen de dicht opeenstaande naalden opgehoopt. En zo had een boom die eindeloos de vrieskou had weten te trotseren het in mei, bij de laatste onverwachte en noodlottige sneeuwbui, begeven.

Ik liep om de boom heen en zag een vogeltje in de

sneeuw liggen. Het bewoog amper en ik veronderstelde dat het toen de boom sneuvelde uit het nest was gevallen. Toen ik het oppakte probeerde het in mijn hand wat te fladderen, maar daarna bedaarde het, of wellicht was het verlamd van schrik, dat viel niet te zeggen. Het was de eerste vorm van leven waarmee ik sinds dagen in aanraking kwam en het ontroerde me; ik wist niet dat ik mezelf veroordeelde tot onvermijdelijke rouw. In mijn handpalm voelde ik zijn versnelde hartslag, het gekietel van zijn pootjes op mijn huid. Het komt allemaal goed, zei ik, rustig maar, ik zorg voor je. Thuis stopte ik een oude lap in een schoenendoos en legde het erop neer. Wat zou zo'n klein vogeltje eten? Door de sneeuw kon ik buiten niet op zoek naar insecten of wormen. Ik probeerde het broodkruim te voeren en zag dat het dat opat; het kreeg een paar kruimeltjes naar binnen en viel toen in slaap. Maar honger en slaap waren niet meer dan een illusie van levenskracht. Toen ik weer ging kijken, lag het op zijn zij: het ademde nog wel, maar in een volkomen onnatuurlijke houding, en deed zijn ogen niet meer open. Voordat het donker werd was het dood; ik bracht het terug naar de omgevallen lariks, waar het die nacht wellicht een vos of een kauw tot voedsel zou dienen. Het leek me beter het vogeltje daar voor hen achter te laten dan het te begraven.

De volgende ochtend zat ik, terwijl ik koffie dronk en naar de in de ochtendzon smeltende sneeuw keek, nog aan het vogeltje te denken toen ik een man het pad op zag komen. Ik ging in de deur staan om hem te begroeten, maar voor hetzelfde geld was ik hem van pure opwinding tegemoet gehold. Wat er door je heen gaat als er na een periode van complete eenzaamheid iemand langskomt, valt moeilijk te beschrijven: in mijn geval waren het maar twee weken geweest, maar toen ik de man aan zag komen lopen, begon mijn hart sneller te kloppen. Het was Remigio, de eigenaar van het huis. Hij kwam kijken of de sneeuwbui me problemen had bezorgd, en of ik voldoende hout had om me warm te houden. Ik had geen idee van het beeld dat hij had van mijn verblijf daar: tijdens onze enige ontmoeting had ik hem verteld dat ik schreef en dat ik was gekomen om te werken. Hij leek niet onder de indruk. Zonder veel omhaal van woorden had hij me de hand gedrukt en me de sleutels van de hut overhandigd, alsof die helemaal niet van hem was.

Dit keer was hij spraakzamer. Ik noodde hem binnen voor een kop koffie en we raakten aan de praat. Hij bekeek de boeken die ik had meegenomen en ik ontdekte dat hij een echte lezer was: we praatten over Erri di Luca en Mauro Corona, daarna bekeken we mijn dieren- en bomengidsen, en ten slotte leende ik hem de verhalen van Rigoni Stern waaraan ik zo gehecht was, omdat die me tijdens de eerste dagen van mijn verblijf hadden helpen zien en horen. Remigio luisterde aandachtig naar me. Als hij zelf praatte, koos hij zijn woorden met zorg. Hij zag eruit als veertig, maar zijn zonverbrande huid en zijn grijze haar waren daarmee in tegenspraak: een man die tegelijk jong én oud was. Toen ik hem beter leerde kennen, kwam ik erachter dat dat hem goed omschreef.

Later kwam hij terug met een motorzaag en zaagden

we de lariks aan stukken. Van de sneeuw van de dag ervoor restten nog slechts wat plekken in de schaduw. We stapelden de grote blokken op tegen de westelijke muur van de hut; later zou ik ze in alle rust kloven en wegleggen om te drogen. Als de zomer zijn plicht doet, dacht ik toen ik hem weg zag lopen, heb ik in september goed brandhout, en misschien ook een vriend met wie ik het genot van het vuur kan delen.

# Moestuin

Na het aanleggen van een houtvoorraad wachtte me nog een andere klus. Ik had het idee al een tijdje in mijn hoofd, en de ontmoeting met Remigio gaf me het laatste zetje. Eind mei maakte ik, terwijl ik in afwachting was van het moment dat hij met het benodigde gereedschap zou arriveren, op een ochtend een bankje: ik wrikte twee grote stenen los uit wat er restte van het ezelpad en legde er een in het bos gevonden plank op die grijs was van alle regen en zon die hij te verduren had gekregen; de nerven van het hout lagen wat hoger, net als de aderen bij oude mensen. Daarna ging ik zitten en las het hoofdstuk uit *Walden* over het bonenveld: 'Wat de betekenis van dit zo gestage, dit respectabele, dit kleine herculische werk was, wist ik niet. Ik begon mijn rijen, mijn bonen lief te hebben, al waren het er veel meer dan ik nodig had. Ze bonden me aan de aarde, en zo werd ik sterk als Antaeus. Maar waarom teelde ik ze? God mag het weten. Dit was de hele zomer mijn merkwaardige werk: zorgen dat dit deel van het aardoppervlak, dat eerst alleen ganzerik, bramen, sint-janskruid en dergelijke had opgeleverd – zoete wilde vruchten en mooie bloemen – in plaats daarvan deze peulvruchten zou opleveren. Wat kan ik leren van bonen of bonen van mij? Ik koester ze, ik wied ze, van de ochtend tot de avond houd ik ze in de gaten, en dit is mijn dagelijks werk.'

Betoverd door de woorden van Thoreau bestudeerde ik het weiland, dat doorliep tot beneden aan de beek. Ik liet mijn oog vallen op een veldje vlak bij de uitgeholde boomstam: het was goede, jaarlijks door de herders bemeste grond. Het lag van negen uur 's ochtends tot acht uur 's avonds in de zon, en er was water in de buurt om het te bevloeien. In gedachten zag ik het rood van de tomaten en het geel van de courgettebloemen al voor me. Ik kon niet wachten om mijn leven als boer te beginnen.

Remigio maakte korte metten met de kleuren uit mijn verbeelding. Vruchten kon ik op die hoogte wel vergeten, legde hij uit, het was al heel wat als er bladgroente zou groeien: sla, kool, snijbiet, spinazie, groenlof. Met een beetje geluk zou ik ook nog wel wat armzalige wortels, radijzen, broccoli en prei kunnen verbouwen. Vond ik dat ook oké? Ik antwoordde dat ik alles best vond. Daarna startte ik voor het eerst van mijn leven een motorhakfrees: een kleine gemotoriseerde ploeg, zo groot als een grasmaaier, waarvan het mes enkele tientallen centimeters diep de grond in verdwijnt, de pollen omploegt en ze in grove stukken hakt. Zo bewerkten we een rechthoek van vier bij zes meter.

Dat was nog maar het begin. Toen de bovenste laag eenmaal was omgeploegd, was ik de rest van de dag druk in de weer met het omspitten en weer aanharken van de blootgelegde aarde. Ik verwijderde stenen en trok wortels uit, waarbij ik ontdekte dat er aan Thoreaus 'mooie bloemen' krachtige bollen vastzaten die je onmogelijk uit de grond kreeg, omdat ze zich op grote diepten hadden verschanst om de vorst te overleven. De meest compacte pollen verkruimelde ik met mijn handen. Daarna daalde ik af naar het dorp om groenteplantjes te kopen. Om ze te beschermen tegen de reeën maakte ik zelfs een afrastering van vier larikshouten paaltjes met stevig gaas eromheen, en ik was bijzonder tevreden met hoe mijn moestuintje eruit begon te zien – maar toen ik ten slotte ging zitten om het te bewonderen, vervaagde de stem van Thoreau en klonk daarvoor in de plaats de echo van het lied *Suonatore Jones* van Fabrizio De André. Het deel waarin hij zegt dat in bebouwde velden de vrijheid rust. Opeens zagen die zes bulten omgewoelde aarde eruit als grafheuvels. Daar lag mijn vrijheid begraven. En de vrijheid van de reeën. En zelfs de vrijheid van het veld. Ik voelde me enigszins terneergeslagen, zette de schoffel en de hark weg, pakte mijn stok en besloot te gaan lopen.

Ik klom hoger dan ik ooit had gedaan, en omdat de schaduwhelling nog helemaal besneeuwd was, verliet ik op een gegeven moment het pad. Er was niemand te zien:

de laaghangende wolken, de dreiging van regen en de koude wind hadden de wandelaars er weggehouden. Ik daalde steil af, dwars door een sparrenbos, met het plan het dal aan de zonkant, waar de hellingen al sneeuwvrij waren, weer uit te klimmen. Aan het eind van het bos stuitte ik op een houten bruggetje en een gehucht van een tiental huizen aan de oever van een beek. Van bijna allemaal was het dak kapot; de muren aan de kant van de berghelling hadden de vorm aangenomen van een dikke buik en stonden op instorten. Ik zette me over het gevoel van beklemming heen en ging een van de nog overeind staande hutten binnen. In het enige vertrek stonden een smal houten bed, een bank en een wankele kruk. Op de vloer recentere sporen: vlees- en sardineblikjes, grote wijnflessen, een totaal versleten overhemd, troep van een of andere nalatige herder die daar had gebivakkeerd. De muffe lucht die er hing was benauwend en ik was blij toen ik weer buiten stond.

Ik liep langs de andere helling omhoog tot ik helemaal op de top was, en toen zag ik eindelijk het meer liggen waarover ik had gehoord. Er lag ijs op, en eromheen lag sneeuw: alleen op de steilste stukken van de oever zag je hier en daar nog een stuk rots. Ik was van plan geweest ernaartoe te lopen, maar nu ik het vanuit de hoogte zag, zo ijskoud in die schaduwkom, veranderde ik van gedachte: ik ging op de grond liggen, met mijn handen in mijn nek, en bleef zo naar de van regen zwangere wolken liggen kijken. Soms waren er flarden blauw te zien. Twee arenden cirkelden rond een top, wellicht op jacht naar pasgeboren kalveren van de in mei jongende gemzen en steenbokken. De minder edele maar barmhartiger alpenkauwen speurden vanuit de hoogte de verlaten almen af op zoek naar etensresten of het karkas van een knaagdier dat de winter niet had overleefd.

De twee arenden kwamen dichterbij, en toen ze een stukje daalden zag ik dat ze geen paar waren, maar een volwassen arend en een jong. Wat ik zag had wel iets weg van een vliegles. De volwassene deed steeds dezelfde ingewikkelde manoeuvre voor: eerst hing hij roerloos in de lucht, zwevend op de thermiek, en dan vouwde hij plotseling zijn vleugels in, draaide horizontaal om zijn as en stortte zich omlaag. Het leek wel de show van een stuntvlieger. Enkele meters lager spreidde hij zijn vleugels weer en remde zijn val af, daarna zocht hij de opwaartse luchtstroom op en keerde terug naar zijn beginhoogte. Het arendsjong keek aandachtig toe, en ik vermoedde dat het binnenkort zijn beurt zou zijn. Ik vroeg me af of de volwassen vogel zijn moeder of zijn vader was.

Op de terugweg begon het te hozen, en door de regen werd de sneeuw één grote brij. Echt een dag om op pad te gaan. Maar ik mocht dan doorweekte voeten hebben, en natte haren die in de wind bevroren, ik voelde dat ik wel weer in een goed humeur raakte. Ik kwam bij een open plek die werd bevolkt door alpenmarmotten, en werd onthaald op een kakofonie van gefluit, waarna ze alle kanten op vluchtten. Eentje leek moediger dan de rest: terwijl zijn metgezellen in het eerste het beste gat een goed heenkomen zochten, talmde hij op de drempel van zijn hol en keek naar me. Ik liep langzaam op hem toe en probeerde geen plotse bewegingen te maken. Toen ik op drie meter afstand was, verdween hij in het hol. Ik stopte, legde mijn stok neer en ging er behoedzaam naast zitten. Ik besloot een lied voor hem te zingen, en omdat ik het al de hele dag in mijn hoofd had, koos ik De André: *In een wervelende stofwolk zag de rest slechts droge grond, voor mij was het Jenny's rok op een feest, zwierend in het rond.*

De eerste twee regels volstonden om zijn snuit weer uit het hol tevoorschijn te zien piepen: hij luisterde naar me, snoof, probeerde te snappen wat ik in hemelsnaam voor soort vijand was. Ik zong verder: *Ik voelde mijn land trillen van klanken, het was het kloppen van mijn hart; waarom zou ik het nog bebouwen, het brengt immers niets dan smart.*

Af en toe verdween de marmot weer ondergronds, maar de meeste tijd bleef hij naar me zitten kijken. Wie ís dat? Wat dóet-ie? *Vrijheid, ik zag haar rusten onder de hemel in de velden, bebouwd met liefde en goud, afgeschermd door prikkeldraad. Vrijheid, ik heb haar zien ontwaken, elke keer als ik speelde voor het rokgeruis van dansende meisjes op een feest, voor een dronken kameraad.*

Ik zong het drie keer achter elkaar en de marmot luisterde elke keer. Toen ik opstond, zocht hij meteen zijn schuilplaats op; ik pakte mijn stok en begon de afdaling naar mijn moestuin.

# Nacht

Ik sliep nog steeds slecht. Ook al was er al ruim een maand voorbij, meer dan eens schoot ik 's nachts recht overeind: mijn ogen zagen niets, maar mijn oren stonden op scherp en waren gespitst op elk gekraak van hout, elk geritsel van buiten. Ik heb nooit een goede verstandhouding gehad met het donker. Als kind was ik er doodsbang voor en was ik vaak nachtenlang ten prooi aan een gevoel van ophanden zijnd onheil. In de stad hield het licht van de straatlantaarns me gezelschap: mijn raam lag aan een weg met een nooit aflatende verkeersstroom, en ik zag de weerschijn van de koplampen over mijn plafond glijden, het knipperende oranje van de stoplichten, het blauw van de ambulances, het groen van een nachtapotheek. Af en toe hoorde ik een alarm afgaan of het geloei van een sirene, die als schrille vogelgeluiden ontstegen aan het voortdurende verkeersgeruis. Ik kalmeerde als ik al dat leven beneden op straat hoorde, de geluiden ervan wiegden me in slaap.

In de hut werd ik opnieuw door die kinderangsten overvallen: als de maan onderging was het aardedonker en was de stilte zo diep dat die pijn deed aan mijn op elk geluid gespitste oren. Ik kon het water in de uitgeholde boomstam horen klateren. De wind die de larikstoppen deed zwaaien. De roep van een reebok in het bos, die niet is zoals je je die voorstelt, helemaal niet lijkt op geblaat, maar eerder op schorre hoest, het blaffen van een hese hond. Zij waren het wild en ik de jager, maar in mijn bed draaide het donker die rollen om. Het eerste daglicht, rond vijf uur, kwam als een opluchting: de vogels begonnen te zingen, het leven nam weer bezit van de wereld en ik hoefde niet langer waakzaam te zijn. Dan viel ik als een nachtwaker wiens dienst erop zit in een bodemloze slaap, waaruit ik in de loop van de ochtend verdoofd ontwaakte.

Dus trok ik op een avond twee truien aan, vulde een veldfles met wijn, pakte mijn slaapzak en besloot buiten te gaan slapen. Het was een soort shocktherapie. Rond negen uur maakte ik een vuur tegen het muurtje langs het ezelpad, sneed een scherpe punt aan een paar wilgentakken en spietste daar stukken worst op om te roosteren. Bij wijze van brood had ik een piadina, een soort hartige pannenkoek die ik zelf had gebakken van water en meel. Zo buiten bij het vuur was het een maal om je vingers bij af te likken: toen het vlees klaar was, schoof ik het met de piadina van de spies af en liet elke hap vergezeld gaan van een slok wijn. Om tien uur, toen het donker was, rolde ik mijn slaapzak uit en kroop erin. Ik merkte dat ik nog geen slaap had. Dus ging ik met slaapzak en al rechtop zitten en voedde het vuur met het sprokkelhout dat ik in het bos had gevonden. Ik keek hoe het brandde en dronk ondertussen de fles wijn leeg.

In die vreemde nacht moest ik terugdenken aan een andere nacht, vele zomers daarvoor, die begonnen was in een dorpscafé, met mijn vader en mijn oom. Na het eten vertelde mijn vader over een berg in de buurt die vroeger in het donker wel werd beklommen door mensen die vanaf de top de zon wilden zien opkomen. Gerekend vanaf het dorp was het ongeveer tweeduizend meter stijgen: vier à vijf uur gaans als je er stevig de pas in hield. Ach, zei mijn oom, hoe moeilijk kan het zijn? Laten we het doen. Zij hadden al flink wat grappa's achterovergeslagen, en ik was veertien en wilde ontzettend graag laten zien dat ik niet bang was. Ik ging mee. Rond middernacht gingen we op pad, het eerste uur waren we vooral bezig met over wortels en stenen struikelen, lachen, vloeken en elkaar bijschijnen met de enige zaklantaarn die we bij ons hadden. Toen kwam er een einde aan het bos, maar ook aan de roes van de grappa. De broers zeiden niets meer, ze puften alleen nog maar. Ze hadden ongetwijfeld kurkdroge kelen en bibberbenen van de drank, maar geen van beiden wilde als eerste voorstellen rechtsomkeert te maken. Tegen drieën, toen we net over de helft waren, hadden we opeens het idee dat we midden in de weilanden het geluid van een orgel hoorden. Daarna zagen we een raampje waarachter licht brandde. Wie zat daar om drie uur 's nachts in een afgelegen almhut op tweeduizend meter hoogte orgel te spelen? We waren moe en hadden het koud. Om de muzikant geen schrik aan te jagen besloten mijn vader en mijn oom om niet aan te kloppen maar hun aanwezigheid luidkeels zingend kenbaar te maken. Zelfs onder die omstandigheden waren ze nog in voor een lolletje. Voor de deur van de hut zetten ze een alpenlied in: na nog geen twee strofen stopte de muziek, ging het licht op de begane grond aan en deed de bewoner de deur open. Het was een man van een jaar of zestig. Hij leek bepaald niet blij ons te zien. Het was duidelijk dat hij geen prijs stelde op ons gezelschap, maar hij deed zijn best gastvrij te zijn: hij zette thee, leende ons twee zaklantaarns, ging niet in op pogingen tot conversatie, wenste ons goede reis en bracht ons naar de deur. Terwijl we in het donker wegliepen hoorden we dat hij weer begon te spelen. Uiteindelijk bereikten we daadwerkelijk de top, maar van die zonsopgang herinner ik me niets: wie was die mysterieuze muzikant? Hoe had hij dat orgel daar gekregen? Misschien kon hij ook wel slecht tegen het donker. Toentertijd vond ik het een excentrieke bergbewoner, of zelfs gewoon een gek, maar nu ik zo bij het vuur zat, had ik ook wel gewild dat ik iets kon spelen. Gitaar, of desnoods mondharmonica. Zingen in je eentje is niet hetzelfde.

Toen ik mijn ogen opsloeg had ik geen idee hoelang ik had geslapen. Een halfuur? Twee uur? Drie? De maan was aan de hemel verschenen en van mijn vuurtje restte alleen nog maar wat nagloeiende houtskool. Ik rook de geur van as en vochtige aarde, had een wrange wijnsmaak in mijn mond en voelde dat mijn slaapzak onder mijn rug doornat was van de dauw. Ik stond op, waste mijn gezicht onder de slang, en het ijskoude nachtwater maakte dat ik meteen klaarwakker was. Ik wist niet of ik naar bed zou gaan of het vuur weer zou oprakelen en zou wachten tot het licht werd, want dat kon inmiddels niet al te lang meer duren. Nog steeds die oude behoefte mijn mannelijkheid te bewijzen: maar als ikzelf de vijand was die verslagen moest worden, dan zou me terugtrekken uit de strijd en onder de dekens kruipen wel eens de échte overwinning kunnen zijn.

Ik zat op het trapje voor mijn hut na te denken over wat ik zou doen toen ik op het veld iets zag bewegen. Ik keek naar de plek waar ik had liggen slapen en zag vlak bij mijn slaapzak het onmiskenbare silhouet van een vos. De spitse snuit, de rechtopstaande oren, de dikke staart die net zo lang was als zijn lijf. Hij had me niet in de gaten: hij snuffelde de grond rondom het vuur af op zoek naar resten van mijn maaltijd, en ik verroerde geen vin in de hoop nog wat langer onopgemerkt te blijven. De maan boven het veld zette alles in een koude glans. De vos wroette in de grond bij het vuur en likte iets op, een stukje worst dat ik had laten vallen, of wat gestold vet. Toen hief hij plotseling, wellicht omdat een windvlaag mijn geur had meegevoerd, zijn kop op en keek mijn kant uit. De schittering van de nagloeiende houtskool werd weerspiegeld in zijn ogen. Ik was vermoedelijk niet meer dan een donkere massa in de schaduw van het huis, en het duurde even voordat hij me zag. De blik die we wisselden leek eindeloos te duren. De vos werd er niet door afgeschrikt: misschien kende hij mijn geur al van voorgaande nachten. Hij verdween op een rustig drafje in de duisternis. Ik pakte mijn slaapzak, hing hem over de omheining te drogen en dook daarna mijn mensenbed in.

Thoreau schrijft: 'Ik vind het heilzaam om het grootste deel van de tijd alleen te zijn. Zich in gezelschap bevinden, zelfs in het beste, brengt algauw verveling met zich mee en leidt af. Ik houd ervan alleen te zijn. Ik heb nooit een kameraad gevonden die zo kameraadschappelijk is als de eenzaamheid. Wij zijn meestal eenzamer wanneer we ons tussen de mensen begeven dan wanneer we in onze kamers blijven. Iemand die denkt of werkt is altijd alleen, waar hij zich ook bevindt. Eenzaamheid kan niet worden afgemeten aan het aantal kilometers ruimte tussen iemand en zijn kameraden. Gezelschap is doorgaans te goedkoop. We ontmoeten elkaar met korte tussenpozen en krijgen de tijd niet om hoe dan ook voor elkaar nieuwe waarden te verwerven. We zien elkaar drie keer per dag bij de maaltijden, en laten elkaar opnieuw de oude beschimmelde kaas proeven die we zijn. We moesten een bepaald stelsel van regels overeenkomen, dat etiquette en beleefdheid wordt genoemd, om de veelvuldige ontmoetingen draaglijk te maken zodat we niet openlijk oorlog hoeven te voeren. We ontmoeten elkaar op het postkantoor, op de vereniging en elke avond rond het haardvuur; we leven dicht opeen en zitten elkaar in de weg, we struikelen over elkaar, en ik denk dat we daardoor wat van het respect voor elkaar verliezen. Ik heb gehoord over een man die in de bossen verdwaald was en door honger en uitputting aan de voet van een boom op sterven lag en wiens eenzaamheid alleen werd verlicht door de groteske visioenen waarmee zijn zieke verbeelding hem, als gevolg van zijn lichamelijke zwakte, omringde en die hij voor werkelijkheid aanzag. Zo kunnen wij ook, dankzij lichamelijke en geestelijke gezondheid en kracht, voortdurend worden opgebeurd door een soortgelijk maar normaler en natuurlijker gezelschap, en aan de weet komen dat we nooit alleen zijn.’

# Buren

In juni arriveerden de herders, en kwam er een eind aan mijn alleen-zijn. Ze kwamen met veewagens, grote vrachtauto's die op een dag aan het eind van de weg opdoken. Rusteloos door de reis en wellicht opgewonden door alle bloeiende velden holden de koeien de loopplanken af, gingen met elkaar op de hoorns, begaven zich buiten de weilanden en verscholen zich tussen de dicht opeenstaande sparren. De herders lieten hen begaan. Ondanks het feit dat de transhumance was gemotoriseerd, droegen de oudere mannen nog steeds traditiegetrouw een ribfluwelen vest en een vilten hoed, een uitmonstering die de jongeren hadden verruild voor lange, waterdichte schorten. Allemaal keken ze naar het silhouet van de bergen, alsof ze opnieuw aan het landschap moesten wennen. Het was een volwaardige verhuizing: ze gingen vier maanden lang in een ander huis wonen en namen al hun vee en hun hele gezin mee de berg op, waar het leven harder was dan het winterse leven, maar toch sprak er duidelijk vreugde uit hun doen en laten. Als ze in dialect nieuwtjes uitwisselden, lachten ze vaak. Ik had het idee dat de blijdschap van de dieren aanstekelijk was, dat ook voor de mensen de gang naar de alm een terugkeer naar huis betekende, naar de plekken uit hun kindertijd wellicht, of naar de oorsprong van hun beroep.

* *
*

En zo had ik nu, naast de wolken die in die dagen onophoudelijk regen brachten, ook iets anders om naar te kijken. Niet ver van mijn hut, aan de overkant van het dalletje waar ik woonde, lag de alm waarvan ik, voordat de eigenaars arriveerden, had gedacht dat die verlaten was: het zag er begin juni geel van de paardenbloemen, en als ik 's ochtends vroeg wakker was, zag ik vanuit de verte hoe de oude herder de omheining van het weiland opschoof door de paaltjes een paar meter te verplaatsen, zodat er elke dag weer vers gras was. Even later opende de jonge herder de staldeur en haastten zeven kalveren en een dertigtal koeien zich naar beneden, richting de nieuwe strook hoog gras. Het waren bijna allemaal roodbonte koeien, aangevoerd door een stel wendbaardere en gespierdere zwarte. 's Avonds was dat stuk dan helemaal kaal. Als ik mijn avondeten klaarmaakte, steeg er vanuit de stal dwingend geloei op: voor de staldeur verschenen drie of vier ijzeren melkbussen, en even later vertrok er een jeep om ze af te leveren bij de kaasmakerij. Dan was de dag pas echt ten einde.

Maar de grootste verandering in mijn dagelijks leven werd veroorzaakt door de honden. Omdat ik kaaskorsten voor ze bewaarde, kwamen ze me meerdere keren per dag opzoeken (eerlijk gezegd verving ik, al is dat niet zoals het een bergbewoner betaamt, de korsten soms door een paar koekjes, van het soort dat ik vriendschapskoekjes noemde). Omdat ze een belletje om hun nek hadden, hoorde ik ze al van verre aankomen. Een of andere interne hiërarchie maakte dat een van de drie altijd in het weiland bleef en dat het de andere twee vrijstond om rond te zwerven totdat de koeien naar de stal moesten worden teruggebracht. Dan werden ze door de jonge herder geroepen en traden ze op als team: blaffend omcirkelden ze de kudde, beten de meest luie koeien in hun flanken, zaten de ongehoorzame achterna en dreven ze naar huis. Het was een geweldig spektakel ze aan het werk te zien.

Uit het geschreeuw van de herder maakte ik op dat ze Black, Billy en Bliksem heetten. Black was de oudste, een grote zwarte mastino met zes tenen aan zijn achterpoten en een rechteroor dat in een gevecht flink was toegetakeld. Daarom besloot ik hem niet Black te noemen, maar Mots. Je zag dat hij aan het eind van zijn loopbaan was: hij verkoos de schaduw van de sparren, of de geur van het wild dat hij loom achternazat in het onderhout, boven de koeien. Billy was een Duitse herder en een onvermoeibare werker, daarom zag ik hem minder vaak. Als hij naar me toe kwam leek het alsof hij zich schuldig voelde: hij pakte een worstvelletje aan en schoot er meteen weer vandoor, en hij liet zich amper aaien. Bliksem was de jongste, een bordercollie met een voorliefde voor heel ver weg gegooide larikstakken. Hij liet zich graag achter de oren krauwen, waarna er een lekkere stallucht aan mijn handen bleef hangen. Hij was het vak aan het leren, maar was nog een beginneling en maakte er af en toe een potje van: op een ochtend dat het stortregende sloegen de zeven kalveren aan het muiten en braken met z'n allen door de omheining van het weiland, waarna ze zich op het hoge gras stortten als op een rijke dis. De jonge herder floot schel: Billy zette meteen de achtervolging in, Bliksem zag het en rende achter hem aan, maar Mots bleef vanaf mijn balkon zitten toekijken, alert maar enigszins vanaf de zijlijn, zoals hij als oude baas gewoon was te doen. Ik ging naast hem zitten om van de verrichtingen te genieten. Billy was al bezig de voortvluchtigen in de wei bijeen te drijven, maar toen pakte Bliksem een van de kalveren iets te hard aan, hij bleef het maar bijten en ertegen blaffen en dus ging het beest er opnieuw vandoor, met de andere zes erachteraan. Billy holde eropaf om ze terug te halen en het tafereel herhaalde zich: de een haalde ze terug, de ander joeg ze de schrik op het lijf en de verwarde kalveren bokten en holden alle kanten op.

Billy was inmiddels drijfnat van de regen: hij keek naar de kalveren, keek naar Bliksem, keek naar zijn baas die vloekte en met zijn paraplu zwaaide, gaf er toen de brui aan en liep naar het bos. De jonge herder riep: Billy! Maar Billy verdween tussen de lariksen en vertoonde zich niet meer. Bliksem stond een eindje verderop te kwispelstaarten, hij dacht vermoedelijk dat het allemaal een spelletje was. De kalveren deden zich te goed aan het gras dat eigenlijk het maal voor de volgende dag was. Er kwam een hoeveelheid water naar beneden die ons allemaal dreigde weg te spoelen, ons als dorre bladeren van de berg te blazen, en op mijn balkon at Mots zijn laatste koekje, rekte zich uit en berustte brommend in de gedachte dat hij nu aan de bak moest.

De volgende ochtend regende het nog steeds, en ik besloot groene tagliatelle te maken. Rond de hut plukte ik brandnetelbladeren en wilde spinazie, smoorde ze, hakte ze fijn en vermengde ze met eieren en meel. Ik was net begonnen het deeg uit te rollen toen ik een oorverdovend kabaal van koebellen en het geschreeuw van een herder hoorde. Ik keek uit het raam en zag nog net twee kalveren bergafwaarts hollen. De herder was niet een van mijn buren, maar de solitaire die slecht ter been was en af en toe op zijn tractor voorbijkwam: hij was de enige die altijd bij wijze van groet zijn hand opstak, al hadden we nooit een woord gewisseld. Omdat hij mank liep had hij niet achter de ontsnapte dieren aan kunnen gaan. Ik zag hem wat hogerop midden op het veld vloekend met zijn armen staan zwaaien. En dus deed ik mijn schort af, draaide het vuur onder het pastawater uit, pakte mijn stok en ging nog ónder het meel naar buiten. Ik vond de kalveren op een wat lager gelegen open plek in het bos. Ze stonden rustig te grazen. Ik wist niet of ze me zouden gehoorzamen, ik had het alleen zien doen: ik liep om het eerste kalf heen en gaf het met mijn stok een tik tegen zijn flank, waarna het langzaam en met tegenzin weer naar boven begon te lopen. Het tweede liep erachteraan. Helemaal trots op mezelf bracht ik ze naar Fontane, dreef ze in een hoek tussen de omheining en de hut, en wachtte op de manke herder die naar ik hoopte snel zou komen. Hij verscheen een paar minuten later op een crossmotor die werd bestuurd door een vriend van hem, bond de kalveren een touw om de nek en vroeg hoe het me gelukt was ze te vangen: ik antwoordde dat het makkelijk was geweest, dat ze het helemaal zelf hadden gedaan. Hij lachte en ik zag dat hij geen voortanden had. Hij zei dat hij bíjna overwoog me aan te nemen als koeienoppas.

Hij heette Gabriele en was ergens tussen de veertig en de vijftig, moeilijk vast te stellen omdat hij enorme handen had, het fysiek van een dokwerker, versleten kleren, een woeste baard en een bruinverbrande huid. Van dichtbij zag je duidelijk dat hij mank liep: hij vertelde dat zijn tractor een jaar eerder van de handrem was geschoten toen hij hout stond te kloven; hij was eronder gekomen en nu werd zijn linkerbeen bijeengehouden door een metalen plaat en wat schroeven. Van mij wist hij alles al. Hoe laat ik 's ochtends de kachel aanmaakte, hoe vaak ik de moestuin in ging om onkruid te wieden, en dat ik er bijna elke dag te voet op uit trok. Hij zag me van bovenaf als hij de koeien naar de wei bracht: zijn hut lag een stukje hoger dan de mijne, ongeveer een kwartier lopen, en aan mijn actie van die dag hield ik een uitnodiging voor het avondeten over.

Ik was niet veel waard als kluizenaar: ik was naar Fontane gekomen om alleen te zijn maar deed niets anders dan gezelschap zoeken. Misschien was het wel mijn situatie die elke ontmoeting zo welkom en zo waardevol maakte. Na bijna twee maanden in de almhut liep tegelijk met de lente ook mijn seizoen van afzondering op zijn eind.

Om zeven uur kwam Mots langs voor zijn koekjes en nam me aandachtig op terwijl ik mijn spijkerbroek en mijn netste geruite overhemd aantrok. Hij was gewend me in korte broek en een T-shirt met gaten te zien, en snapte het niet. Wat zit je nou te kijken? vroeg ik. Mag ik niet ook eens te eten worden uitgenodigd? Daarna trok ik mijn schoenen aan, pakte een van de flessen Nebbiolo die ik bewaarde voor speciale gelegenheden, aaide Mots over zijn kop en liep het pad op, naar mijn afspraak.

## *Zomer*

*Seizoen van vriendschap en avontuur*

# Herder, waar ga je heen

Dus jij bent een subversieveling, zei hij terwijl hij de wijn ontkurkte en ik hem probeerde uit te leggen wat ik daarboven was komen doen. Ik had hem verteld dat ik niet van regels en bazen hield, en dat ik me in de stad gekooid voelde: als ik, om op míjn manier te kunnen leven, alleen op een berg moest gaan zitten, nou, dan nam ik de eenzaamheid die me mijn vrijheid garandeerde voor lief. Gabriele begreep precies wat ik bedoelde. Pas toen ik de politiek erbij haalde begon hij te fronsen. Hij droeg legerjacks, had een hekel aan buitenlanders, al was hij er in zijn leven maar een paar tegengekomen, en als het over vrouwen ging hing hij de stoere bink uit. Toch was ik ervan overtuigd dat hij veel anarchistischer was dan ik: hij had geen gezin, geen vast werk, geen televisie, geen auto of hypotheek; geld had hij alleen nodig om eten en drinken van te kopen; hij stemde niet, was niet te vinden op internet, telde in geen enkele peiling en geen enkel marktonderzoek mee, maakte van geen enkel gemiddelde deel uit. Een man als hij, die een bestaan in de marge had opgebouwd en die zijn eigen leven leefde: iets subversievers kon ik me in deze tijd niet voorstellen, maar ik wist niet hoe ik hem dat moest zeggen. Als ik me aan ingewikkelde betogen waagde, keek hij me schuins aan, en als ik moeilijke woorden gebruikte, stopte hij met luisteren. Dus gaf ik hem gelijk. Misschien is het wel zo, zei ik. Ik denk inderdaad dat ik een subversieveling ben.

Hij zei nooit 'de koeien', maar 'de mormels'. Of 'de monsters', als ze hem de pest injoegen. Die waren trouwens ook niet van hem: ze werden 's zomers vanuit het dal naar hem toe gebracht om boven in de bergen te grazen. En dan benutte Gabriele de paar bezittingen die hij had: een hut, een tractor, een stal en een alm die zes maanden per jaar bedekt was met sneeuw. 's Winters bewoonde hij een kamertje in het dorp en werkte hij als klusjesman op de skipistes. Maar in het dal voelde hij zich niet op zijn plek, hij was veel te onbehouwen voor de bewoonde wereld. Hij praatte niet, hij schrééuwde, alsof hij een heel eind verderop stond. Niets kon hij zachtjes doen. Zijn vingers waren twee keer zo dik als de mijne, en alles werd broos in zijn handen. In het dorp huurden ze hem soms in als dagloner om een bouwval te slopen of een flinke stapel hout te kloven, maar dan reed hij voordat de avond viel op zijn tractor terug naar zijn hut op tweeduizend meter hoogte. Alleen daar had hij de ruimte die hij nodig had: hij leek bij de bergen te horen als een zwerfkei, of als een eeuwenoude lariks die in het open veld de zon en de wind trotseert.

De mormels moeten naar bedje toe, zei Gabriele altijd als de avond begon te vallen. Dan zwaaide hij de staldeur open, maakte het schrikdraad los en riep ze geduldig. Kom, kom, kom. Loom kwamen de dieren een voor een achter hem aan. Het daaropvolgende halfuur hoorde je gevloek en doffe klappen vanuit de stal: op het moment dat ze werden vastgezet, verzetten de koeien zich: ze gingen dwars staan en verwisselden van plek, en dus moest hij ze in die drukkende, door hun adem en zweet vochtige hitte met schouderduwen en geruk aan hun halsband in het gareel brengen. Daarna moest hij er gelukkig een paar melken, waardoor hij zijn kalmte hervond. Het was een bezigheid die hem erg ontspande. Er zijn mensen die melken met hun duim in hun vuist, legde hij uit, en die hun knokkel gebruiken om de speen vast te klemmen, maar hij hield niet van die methode omdat die niet erg zachtzinnig was. Hij deed het liever met zijn handpalm. De melk gaf hij vervolgens aan de kalveren en de hond; hij hield alleen wat achter voor zijn ochtendkoffie. Dan deden we de staldeuren dicht en konden we eindelijk aan tafel.

Zijn huis was een met hout afgetimmerd vertrek van drie bij drie, met een veldbed, een kachel en een tafel, maar zonder stromend water, badkamer of wc. Ernaast stonden zes of zeven bouwvallen, waarvan hij er een gebruikte als provisieruimte en een als houtopslag. Het vertrek was afgeladen vol: aan de muren een collectie koeienbellen en halsbanden, bekers die waren gewonnen bij koeiengevechten, een pin-upkalender van een tractorfirma. Een kleine glazen vitrine, een spaanplaten jarenzestigkastje (waar de bovenkant vanaf was gezaagd omdat het niet paste), en een nog veel ouder kastje, niet meer dan een nis in de muur, met twee deurtjes en een grendel. Houten borden, een koperen kookpot. Boven de kachel hingen spullen om kaas te maken.

Onder het eten vertelde hij vaak over vroeger tijden. Hij was van nature een opgewekt man, maar dat de mensen waren weggetrokken, stemde hem melancholiek: hij herinnerde zich hoe hij hier met zijn moeder en zijn zusjes kwam, maar nu was alleen hij nog maar over. Op een van de foto's aan de muur stonden zijn vrouw en kinderen, maar ik was bang dat dat een teer punt was en durfde het niet aan te roeren. Ik vroeg hem in plaats daarvan naar de foto waarop hij met zijn arm om de nek van een koe stond te glimlachen: dat was Morgana, zijn lievelingskoe die al jaren geleden naar de slacht was gegaan. Het enige wat ze niet kon was praten, zei hij. Nu had hij Wolf om hem gezelschap te houden, een Duitse herder die hem overal achternaliep: alert, eenzelvig, aanhankelijk, de intelligentste hond die hij ooit had gehad. Toen Wolf zijn naam hoorde, spitste hij zijn oren, keek naar ons en verliet zijn deken bij de kachel om een aai en wat kaaskorsten te komen halen.

In Gabrieles verhalen kwam een voorbije wereld tot leven waarin elk huis in het gehucht werd bewoond en in bedrijf was. Mannen werkten op het veld en in de stal, jongens weidden de koeien, de vrouwen zorgden voor het pluimvee en de konijnen. Twee uur over een ezelpad naar het dichtstbijzijnde dorp, 's middags en 's avonds polenta met melk (daarom haatte hij polenta, hij kon het niet meer zíen). Een paar dagen volstonden om schoenen en kleren uit te trekken, de beschaving te vergeten en volkomen te verwilderen. Overigens hechtte hij er wél aan me uit te leggen dat met 'herder', *berger* zoals hij zei, die van de schapen wordt bedoeld, omdat iemand die koeien heeft *vacher* wordt genoemd. Dat was een groot verschil. Een *berger* is een nomade, die weidt en slaapt waar het zo uitkomt, een *vacher* daarentegen is honkvast, heeft zijn eigen velden, een huis, een stal.

Maar na een tijdje doorpraten kwam ik erachter dat hij die wereld nooit met eigen ogen had gezien. Toen hij klein was, was het gehucht al verlaten. Met een incidenteel vriendje van een nabijgelegen alm verzon hij spelletjes in de lege huizen. De bewoonde berg was geen herinnering maar een legende uit de gouden tijd waarmee hij zijn geluksdromen voedde: hij zou graag zijn zoons mee naar boven nemen, die negentien en twintig waren en als bouwvakker werkten, en ook kippen, een ezel, een paar geiten en een varken om te slachten in de herfst. Hij had het er vaak over dat hij wat vee wilde kopen, zodat hij zelfvoorzienend zou zijn. Maar hij had alleen het gras waarmee hij de koeien van anderen vetmestte en de luchtkastelen die hij bouwde in de eindeloos durende slapeloze nachten.

Omdat ik graag kookte en hij niet, maar we het geen van beiden onplezierig vonden om samen te eten, deden we het soms zo: ik ging rond zevenen naar zijn huis, pakte de grote sleutel die onder een steen lag, ging naar binnen en stak de kachel aan. Daarna waste ik de borden bij de bron, waar Gabriele een badkuip had neergezet die hij als tobbe gebruikte voor zichzelf, zijn kleren en de vaat. Daar lagen ook zeep, een afwasborstel en een schuursponsje. Ik vond het maar raar om in het licht van de ondergaande zon de pannen te boenen, en als je ijskoud water gebruikte zonder afwasmiddel viel er heel wat te schuren, maar waar vond ik een betere wasbak? Als ik de pastapan liet vollopen, namen de marmotten me aandachtig op. Aan de bosrand zag ik de snuit van een ree. Als ik weer binnenkwam, stond de kachel lekker te loeien, en dan deed ik de radio aan, zette water op het vuur en ging aardappelen zitten schillen. Spaghetti met tomatensaus, gekookte aardappelen, kaas, en soms een stuk worst waren ons dagelijkse kostje. Als Gabriele van de stal naar huis liep kwam hij langs de provisieruimte waar vier grote mandflessen Barbera stonden die voor de hele zomer hadden moeten dienen, ware het niet dat er een, toen hij met zijn vuist de kurk erop probeerde te rammen, aan diggelen was gegaan. Een andere keer was iets dergelijks met de voorruit van de tractor gebeurd, die daardoor was veranderd in een cabriolet. Dat soort dingen overkwamen hem voortdurend.

Als hij naar míj toe kwam, ging hij altijd op dezelfde plaats zitten, op de bank met zijn rug naar de muur, zodat hij het hele huis kon overzien. Ja, jij woont hier tenminste goed, zei hij dan, om zich heen kijkend, want ik had een echte keuken, een koelkast en zelfs een bank, een badkamer, stromend water, rechte muren en een dak zonder gaten, dus ik hoefde niet onder de tafel te gaan liggen als het regende. Hij bracht altijd een stuk kaas en een tweeliterfles wijn mee. Op een avond kwam hij aanzetten met een gegrilde kip die hij god mag weten waar op de kop had getikt. Een andere keer had hij bij een vriend beneden in het dal gewerkt en kwam hij terug met vijf kilo rijst en een heel repertoire aan gloednieuwe verhalen. Een avond in een nachtclub met Russische meisjes, de hele rij John Deere tractoren die hij op een erf had zien staan, het jongetje dat hem aan het lachen had gemaakt toen het vroeg: waarom noemen ze je Rambo? Is dat omdat je heel erg sterk bent?

Hij had een ingewikkelde manier om aan het einde van de avond afscheid te nemen. Het was een soort ritueel, en het duurde even voordat ik het doorhad. Hij begon met: nou, ik ga maar 'ns, denk ik. De eerste keer stond ik op om de deur voor hem te openen en hem gedag te zeggen. Hij keek me bevreemd aan en vroeg: heb je soms haast? Ik niet, antwoordde ik. Ik deed de deur dicht en ging weer zitten.

Die avond ontdekte ik dat hij, voordat hij werkelijk wegging, tenminste vijf à zes keer *ik ga maar 'ns* moest zeggen, en dat daar wel een uur tussen kon liggen, en nog een verhaal, nog een fles wijn. En natuurlijk leerde ik hetzelfde te doen. Als ik bij hem was, rekte ik me op een gegeven moment uit, keek even naar het donker buiten en zei: ik ga maar 'ns. Neem nog een stuk kaas, zei Gabriele dan, zonder acht te slaan op mijn woorden. Nog maar een fles doen?

Waarom niet, zei ik (op tweeduizend meter krijgt

zelfs eten en drinken iets elementairs: je ‘doet’ een kotelet of een fles wijn). En dan schoof ik mijn vertrek weer een paar glazen voor me uit.

Op 29 juni, de naamdag van Petrus, de patroonheilige van de almen, liepen we na het eten omhoog naar de stal. Gabriele was er ’s middags met zijn aanhanger op uit gegaan om droge takken te halen, en naast een groot rotsblok lag nu een berg hout van ruim een meter hoog. Tegen tienen stak hij de fik erin, zoals bergbewoners dat doen: hij goot er een halve jerrycan benzine over uit, streek een lucifer af en het vreugdevuur laaide in één klap op. Met aldoor die enorme stilte om ons heen viel het me nu voor de eerste keer op hoeveel lawaai zo’n vuur maakt, en dat de hitte ervan zelfs op vele meters afstand ondraaglijk is. We gingen in het gras zitten en speurden de donkere bergsilhouetten af, op zoek naar net zulke vuren als het onze. We telden er drie, vier, vijf, sommige op plekken waarvan we de naam niet eens kenden. Die gele trillende vlammetjes leken te zeggen: ik ben hier. En ik ook, ik ook, en ik ook. Een constellatie van allenige zielen die nauwelijks een paar minuten opflikkerde: daarna kwijnden ze weg en doofden de een na de ander uit. Ook ons vuur verstomde. Ik kon de wind in het gras weer horen, het klateren van de beek, het zuchten van de koeien die in de stal stonden te herkauwen.

Omdat ik gewend was geraakt aan de hitte van het vreugdevuur, merkte ik ook opeens dat het koud was. Voordat we afscheid namen, leende Gabriele me een trui en zei: loop maar door de velden. Het was een grote eer die me te beurt viel. Over het pad had ik een flinke omweg moeten maken, maar door de velden liep je in een rechte lijn naar Fontane: ik daalde af in het donker, spreidde mijn armen in de wind en voelde hoe de aren mijn handpalmen kietelden. In het bos zaten de reeën elkaar met hun schorre roep achterna.

# Hooien

Het werd juli. Toen het gras tot mijn heupen reikte en begon te vergelen, doken er overal in de velden maaimachines, tractoren, aanhangers en balenpersen op. Iedereen, jong en oud, hielp op de almen bij het hooien: een collectieve mobilisatie waarbij werkeloos toekijken geen optie was, en dus besloot ik Remigio en zijn moeder een handje te helpen. Overigens niet omdat ik de familie die ik in de stad had achtergelaten nu zo vreselijk miste. Zij, bijna tachtig, broodmager, onvermoeibaar, verweerd als boomschors, en ik, de stedeling van goede wil met een tere huid, vormden een merkwaardig stel achter de door haar zoon bestuurde tractor. De balen maakten we laat in de middag, als het de dag daarvoor gemaaide hooi in de zon was gedroogd. Het bracht inmiddels weliswaar minder op dan al het werk dat ermee gemoeid was, maar ik merkte aan de vrouw hoeveel het ooit waard was geweest: ze liep met haar hark achter de balenpers aan, liet geen sprietje liggen en schold mij uit als ik er een paar over het hoofd zag. Remigio zat achter het stuur te grijnzen. Hij was er niet rouwig om dat die behandeling nu eens iemand anders te beurt viel. In het begin liet zijn moeder me zien wat ik verkeerd deed, maar al snel concludeerde ze dat ik niet kon harken en belastte ze me met het zware werk: het op de aanhanger laden van de balen. Dat ging me beter af: ik tilde ze met twee tegelijk op aan het bindtouw dat in mijn handen sneed, gooide ze op de aanhanger en klom er vervolgens snel achteraan om ze netjes op te stapelen. Ik zweette, kwam onder het stof te zitten, kreeg het eelt van een handwerker, de verbrande nek van een boer en huiduitslag door het prikkende hooi, maar het leverde me wel enig respect op.

Tussen het laden door keek ik op en liet mijn blik over de omliggende velden gaan. Over het roodbruin van de nog niet gemaaide akkers, het goudgeel waar het hooi in de zon lag te drogen, het zachtgroen dat ervoor in de plaats kwam. Het was mooi om te zien dat de berg werd onderhouden als een tuin, waar in het nieuwe gras de krokussen opkwamen omdat ze dachten dat het lente was geworden. Met dien verstande dat krokussen in het dooiseizoen wit zijn als aprilwolken en onder de julihemel lila en paars, en dat er nu geen larven meer waren maar uitsluitend luid zoemende insecten in een verzengende zomerhitte. Af en toe haalde Remigio's moeder wat bij een café om ons enige verkoeling te bieden: sinas of gazeuse voor ons, een ijsje voor zichzelf.

Krijgen we geen biertje? protesteerde Remigio. Hij zat op een hooibaal, in het getjirp van de sprinkhanen, en keek naar zijn blikje alsof hij niet wist aan welke kant hij het moest openmaken.

Jullie willen toch niet drónken worden, antwoordde zijn moeder streng. In dat jullie lag ook ik besloten, of misschien wel mannen in het algemeen.

* *
*

Tegenover de velden waar we aan het werk waren lag een col, een brede, lage bergpas waarover je te voet naar het belendende dal kon en waar ik met een zeker iemand in gedachten zo nu en dan naar keek. Hij woonde er vermoedelijk nog en werkte nog steeds als alpengids, omdat ik me bij hem geen enkel ander beroep kon voorstellen. Hij heette Renzo, naar de Heilige Laurentius, patroon van talloze dorpen, wiens feestdag in augustus valt, en hij was mijn kliminstructeur geweest: de eerste die me aan zijn touw had gebonden, me had laten zien waar op de rotsen ik mijn handen moest zetten en me een stel klimijzers had ondergebonden zodat ik met hem mee de gletsjer op kon. Maar voor mij, een jongetje nog, was het niet zozeer een leerschool in materiaal en klimtechnieken geweest, als wel een confrontatie met angst, inspanning en kou, met het weg van huis zijn. Met lichamelijk lijden ook, want zodra ik boven de drieduizend meter kwam, werd ik beroerd: mijn maag draaide om van de misselijkheid, mijn blik werd wazig en ik werd overvallen door enorme heimwee, een gevoel van verlatenheid dat feitelijk de kern was van mijn hoogteziekte. Renzo stond me op die momenten terzijde. Terwijl ik huilde en kotste, was hij degene die zachtjes op me inpraatte en me overhaalde door te lopen. Hij deed dat dermate goed dat ik hem overal zou zijn gevolgd.

Later beleefde onze relatie een onbezorgder periode. Op mijn zestiende was ik over mijn hoogteziekte heen gegroeid en begon ik van onze omzwervingen te genieten: elke zomer nam Renzo een groep jongeren mee naar een hut in het hooggebergte voor een week klimonderricht. We klommen met pickel en klimijzers over de seracs van de Monte Rosa, lieten ons diep in rotsspleten zakken om reddingsoperaties na te bootsen, holden omlaag over een gletsjer met een denkbeeldige gewonde op een slee achter ons aan terwijl er intussen allerlei serieuze toppenverzamelaars voorbijkwamen. Ons interesseerden die toppen niet. De wanden en graten die we spelenderwijs beklommen waren veel leuker. Ik was inmiddels behoorlijk sterk, op de gletsjers voelde ik me thuis, ik fantaseerde erover zelf ook berggids te worden. Als ik weer terug in het dorp was imiteerde ik mijn instructeur: ik probeerde te praten zoals hij (weinig), te lopen zoals hij (lichtvoetig, alsof hij niets woog), me net zo te gedragen als hij deed wanneer er gevaar dreigde, bijvoorbeeld bij onweer halverwege een wand (fluiten). Ik was zo'n goede leerling dat Renzo me op een keer toen hij trainde voor de Himalaya kwam ophalen om samen naar vierduizend meter te lopen en weer terug, in een paar uur, alleen wij tweeën. Slechts één touw, op elkaar afgestemde passen, geen enkele noodzaak om nog iets te vragen of om instructies te geven. De vierduizender was makkelijk, al met al. We zaten bijna meteen in de wolken en hadden tot het eind van de dag geen zicht meer, niets dan het schimmige wit van ijs en mist, en toch is dat de mooiste herinnering die ik aan hem bewaar: onze eigen Himalaya.

Dat moet de laatste keer zijn geweest dat we samen de bergen in gingen, daarna liet ik me denk ik verlokken door andere plekken, liet ik me leiden door andere leermeesters. Nooit had iemand daarna ooit nog zo onvoorwaardelijk mijn vertrouwen genoten. Sindsdien was er vijftien jaar verstreken: god weet of hij zich afvroeg wat er van me was geworden, en god weet wat hij zou denken als hij wist dat ik hier, aan deze kant van de col, als een kluizenaar in een almhut bivakkeerde. Eigenlijk had hij er mede schuld aan dat ik hier terecht was gekomen.

Nu deelde ik deze gedachten met Remigio, met wie ik makkelijk kon praten. Vanaf onze eerste ontmoeting, de dag van de boeken en de sneeuw, was er tussen ons een zekere vertrouwelijkheid ontstaan die was gegroeid toen we hooiden en steeds bestofter raakten. We reden op en neer naar de velden, hij achter het stuur van de tractor en ik op de hobbelende aanhanger. In de hooischuur wierpen we elkaar de balen toe en stapelden die op tot torens van drie, vier meter hoog. Op een avond na het werk nodigde hij me bij hem thuis uit voor zo'n glaasje dat zijn moeder ons had verboden, en tot mijn verrassing zag ik in de woonkamer een schrijfmachine staan. Het was een in goede staat verkerend oud model.

Er zat een vel papier in, en op het vel één zin: *Wie weet of ik ooit weer zo zal kunnen schrijven als vroeger*. Die zin ontregelde me: wat had die bergbewoner nou met schrijven? En daarna raakte ik nog meer van mijn stuk omdat die twijfel ook mij niet onbekend was, ik schreef al maanden niet en was bang dat ik nooit meer een letter op papier zou krijgen. Toen ik Remigio naar de betekenis vroeg, vertelde hij me dat dat vel er al twintig jaar in zat: toen was zijn vader namelijk gestorven, en sindsdien had hij de schrijfmachine niet meer aangeraakt.

Ik hoorde hem aan met het respect dat je voelt als je andermans leven betreedt, met hetzelfde gevoel van ontzag. Remigio's vader was jager, huizenbouwer en verhalenverteller geweest. Hij nam hem als kind mee de bossen in om pelsdiervallen te zetten en leerde hem in de sneeuw de sporen te herkennen van vossen, marters en hermelijnen. Jaren later had hij hem de kunst van het muren bouwen geleerd door hem als knecht mee te nemen naar bouwplaatsen. Ze waren altijd heel hecht geweest – Remigio was enig kind, en er waren geen andere kinderen in het dorp – totdat hun band werd verwoest door de drank: die lieve, extraverte man was op een gegeven moment zo veel gaan drinken dat hij ernstig ziek werd. Zijn karakter veranderde, of misschien was de zoon met de jaren gesloten en stug geworden en had hij met die altijd dronken vader alleen maar ruzie kunnen maken. Hij had gezien hoe die beetje bij beetje aftakelde, had de ziekenhuizen met hem afgelopen, en ten slotte was hij degene geweest die hem had gevonden in het veld waar hij heen was gegaan om te sterven. Hij kon het zichzelf niet vergeven dat ze elkaar in hun laatste gesprek hadden afgesnauwd.

Nu restten hem diens jachttrofeeën, sombere wachters van de kamer waarin we zaten te praten: de poten van een gems die nu als kapstok dienden, een houten schild met de hoorns van een steenbok, opgezette marters en hermelijnen. De veren van de arend waar zijn vader in een stoere bui op had geschoten, waarna het stervende beest zich aan zijn arm had vastgeklemd en Remigio was toegesneld om hem ervan te bevrijden – hij had al zijn kracht moeten aanwenden om de klauwen open te wrikken. Sindsdien walgde hij van de jacht. De 'passie', zoals jagers het noemen, was niet samen met de geweren op hem overgegaan.

Maar er was een andere erfenis die hij wel koesterde. Vlak voordat hij stierf, had zijn vader een vervallen almhut aan hem vermaakt, midden in een weiland. Beneden een kleine stal, boven een kamer, kromgetrokken en scheve dakspanen van larikshout, de muren zwart van de rook en vol aangekoekte mest. Hij had verder niets over die mysterieuze gift gezegd. Daarna was hij gestorven. Jaren later had Remigio de betekenis ervan zelf uitgedokterd, en om zijn schuldgevoel te verlichten had hij twee lange zomers besteed aan het opknappen van de bouwval. Hij had besloten het in zijn eentje te doen, zonder werklieden of machines: hij bewerkte de grond met een pikhouweel en hees de dakbalken omhoog met behulp van een soort glijbaan van planken, een touw en een tractor. Het waren bomen die hij eigenhandig in het bos had omgehakt nadat hij ze met zorg had uitgekozen – net als hij elk stuk hout, elke spijker en elke steen van het huis uitkoos opdat het werk volgens de regelen der kunst zou worden uitgevoerd, zoals zijn bouwvakvader hem had geleerd.

Toen hij klaar was, had hij er precies één nacht doorgebracht en had toen ingezien dat hij er nooit zou gaan wonen. Te veel geesten tussen die vier muren om er rustig te kunnen slapen. En dus had hij het te huur aangeboden. Beter het behekste huis te laten aan iemand die dat allemaal niet wist. En tien jaar later was ik gearriveerd, op mijn zoektocht naar een plek om alleen te zijn: dat was het verhaal waarin ik was beland in de hoop mijn schrijverschap terug te vinden.

# Gemzen

In de zomer was het wild verdwenen. Schuld van alle mensen die de paden platliepen en het daardoor opjoegen naar steeds ontoegankelijker gebieden. Elke dag kwam ik in de buurt van mijn huis wel van dat soort groepjes tegen; ik had het idee dat ze doof en blind waren voor het landschap waar ze doorheen liepen en ze maakten zoveel herrie dat ik ze hoorde voordat ik ze zag. Zelfs hun chemische luchtjes rook ik al op afstand. Ben ik het, vroeg ik me af, die problemen heeft met de rest van de mensheid? Of zijn zij niet in staat zich over de aarde te bewegen zonder die geweld aan te doen? Ze drongen het bos binnen met hun heftige geuren, kleuren en klanken. En de bewoners van het bos beschermden zichzelf door zich uit de voeten te maken.

Ik miste mijn buren: de haas, de vos, de reeën. En dus stond ik op een ochtend om zes uur op, goot een kop koffie naar binnen en ging op pad voor een lange wandeling. Geen rugzak, veldfles of bergschoenen, alleen mijn stok en lichtgewicht schoeisel. Na drie maanden in de bergen was ik in topconditie: ik liep het bos door, stak de eerste weiden over, passeerde de hut van Gabriele, de open plekken met marmotten, de verlaten en vervallen gehuchtjes. Bij de beek stopte ik om te drinken, daarna liep ik snel langs de daarboven gelegen weilanden omhoog: om zeven uur lagen er alleen nog keienvelden, dooimeertjes en de laatste sneeuwresten voor me. Net voordat de zon boven de kammen uit kwam en de dag daadwerkelijk begon, ademde ik de maagdelijke ochtendlucht in. Niemand leek me te zijn voorgegaan.

Op het keienveld deed ik het kalmer aan; om geen lawaai te maken paste ik op dat ik geen stenen los trapte. Toen ik op de graat aankwam, had ik geluk: misschien was het de windrichting, of kwam het doordat ik inmiddels zelf ook naar geit stonk, in elk geval zag ik op een klein sneeuwveld beneden in het dal twee gemzen. Ik verraste ze midden in een of ander geheim spel. Het keienveld rondom hen begon al op te warmen, van de sneeuw restten nog slechts kleine, glinsterende ijsvlekken waar de gemzen met hun buik, rug en flanken overheen rolden, genietend van dat winterse souvenir. Ze gleden een stuk naar beneden, kwamen weer overeind en liepen terug omhoog, tot een van de twee onraad rook en zijn oren spitste. Ik verschool me tussen de rotsen en probeerde me doodstil te houden, maar inmiddels waren ze gealarmeerd geraakt. De voorzichtigste vertrok het eerst, de ander aarzelde of hij zou volgen, als betreurde hij het onderbroken spel; daarna verdwenen ze met een paar elegante sprongen over het keienveld.

Ik klom verder; ik was niet meer te stuiten. Nu bevond ik me op de kam tussen de twee dalen uit mijn leven en liep over platte, door de vorst gebroken steenplaten en over het donzig zachte mos dat op drieduizend meter hoogte groeit. Aan de ene kant van de scheidslijn, te weten de kant van mijn volwassen leven, was de lucht volkomen helder, zo strakblauw dat hij massa en volume leek te bezitten. Aan de andere kant, die van mijn jeugd, stegen wolkenvlagen op die opkrulden en aan mijn voeten oplosten. Aan de ene kant had ik twintig jaar doorgebracht, aan de andere kant de laatste maanden: twee dalen, gevormd door twee rivieren, en twee rivieren die ontsproten aan dezelfde berg. Het was de berg waar ik nu op uitkeek, de Monte Rosa, die mijn heden en verleden met elkaar verbond.

Toen zag ik een paar donkere silhouetten, bewegende vormen op de gekartelde rotsen. Het was een kleine kudde steenbokmannetjes. Die zijn niet zo voorzichtig als gemzen: er wordt al een eeuw niet meer op ze gejaagd en ze vrezen de mens niet langer. Ze staan graag op kammen en toppen, pal in de wind en in het verblindende licht, zodat ze hun rijk van bovenaf kunnen overzien. De groep bestond uit een majestueus volwassen mannetje dat in een statige leiderspose op een richel lag, vier rusteloze jonge steenbokken die elkaar uitdaagden en een bok die zo oud en vermoeid was dat hij zich slechts met moeite voortbewoog. Zijn vacht was deels kaal en hij kon het gewicht van zijn hoorns niet meer torsen, zodat hij zich met gebogen kop voortsleepte. Zodra de leider me in de gaten kreeg, verhief hij zich en ging tussen mij en de rest van de kudde staan. Hij keek me strak aan en liet een strijdkreet horen, een soort lang aangehouden en met volle kracht uitgeblazen F. Hij had hoorns van wel een meter lang en de machtige spieren om het gewicht ervan te dragen, en hij had me zonder enige moeite uit zijn rijk kunnen verjagen, of zelfs van de aardbol kunnen vagen. Ik probeerde hem duidelijk te maken dat ik in vrede was gekomen. De jonge bokjes sprongen op een rotsblok en zochten achter hem een veilig heenkomen, maar de oude bok moest een heel stuk lopen om zich bij hen te voegen. Ik liet me op de grond zakken en verroerde me niet totdat de leider na een minuut besloot dat ik een oninteressante vijand was, nog een laatste keer snoof en aan het mos tussen de rotsen begon te knabbelen. Twee van de jonkies begonnen met hun hoorns op elkaar in te stoten, bij wijze van training voor het paarseizoen: ze verhieven zich op hun achterpoten en lieten zich, om de stoot kracht bij te zetten, met hun hele gewicht op hun rivaal vallen, waarbij hun hoorns een doffe klap produceerden, als stenen die tegen elkaar worden geslagen. De oude bok was de enige die me nog in de gaten hield: hij was op drie, vier meter van me vandaan gaan liggen en lag me al herkauwend te observeren, terwijl hij af en toe met een van zijn hoorns op zijn rug krabde. Ik telde een vijftiental ribbels: vijftien jaar door de bergen gezworven, zonder vijanden en zonder ooit af te dalen naar het dal. Wat een prachtleven, dacht ik. Wie weet of dit zijn laatste zomer was of dat hij zijn kwalen nóg een winter zou overleven. Wie weet wat hij zich over mij afvroeg.

Daarna keek ik in de heldere ochtendlucht omlaag. Het was acht uur. Ik kon duidelijk de wegen beneden in het dal onderscheiden, waar pas over een paar uur zon zou komen. Die in de schaduw gelegen wereld zag eruit als een verre planeet: auto's die af en aan reden tussen uit hun krachten gegroeide dorpen, buurten vol flats en eengezinswoningen die zich uitstrekten als de buitenwijken van een stad. En verder zand- en grindgroeves langs de rivieren, skipistes die de bossen doorsneden, parkeerplaatsen aan de voet van de liften en overal bouwputten. Een nijvere, schadelijke soort, geheel gericht op eroderen, platgooien, koloniseren: zo zag de mensheid eruit vanaf een bergkam, waar je om te leven alleen maar wat hoefde te grazen en in de zon hoefde te gaan liggen. Ik keek naar het huis waar ik kind was geweest, of liever naar het appartementencomplex dat op die plek was verrezen. Het huis uit mijn jeugd bestond al jaren niet meer en dat leek me maar goed ook: op de binnenplaats stond een hijskraan naast een mortelsilo, en ik vroeg me af wat er van de grote wilde kersenboom was geworden die daar ooit stond. Opnieuw kruiste mijn blik die van de oude steenbok en nu kon ik duidelijk horen wat hij dacht. Sorry, wilde ik onwillekeurig zeggen.

Die ochtend daalde ik langzaam weer af; ik had het helemaal gehad met de plek waar ik naartoe terugkeerde. De hut, mijn verzameling vondsten, mijn nog maagdelijke schriften, mijn boeken. Een kamertje helemaal vol met ‘mij’, terwijl buiten de ongerepte bergen zich uitnodigend naar alle windstreken uitstrekten. Wat moest ik met een huis? Ik zou graag, net als de herders vroeger, van weidegrond naar weidegrond trekken, en slapen onder de beschutting van de rotsen. Soms kwam ik ze op mijn tochten tegen: overhangende rotswanden waaronder een stuk grond was vrijgemaakt dat soms zelfs was afgesloten met stapelmuurtjes. Er was een naam voor, in dialect, die ik Remigio had horen bezigen toen we aan het hooien waren. Wat is dat, een *barma*? had ik hem gevraagd. Een rots waaronder je schuilt als het regent, had hij geantwoord.

Toen ik terugkwam bij de hut was het twaalf uur, en op het veld voor het huis had een gezinnetje een plaid uitgespreid. Twee kinderen spatten elkaar nat bij de waterslang, de moeder had allerlei zakken en bakjes tevoorschijn gehaald, de vader nam me onderzoekend op met de barse blik van mannen die een territorium of een gezin te verdedigen hebben. Het is best mogelijk dat ik ook zo keek.

Sorry, is dit privéterrein? vroeg zijn vrouw, vriendelijker.

Nee, hoor, zei ik, het is van iedereen, blijf rustig zitten.

Binnen pakte ik mijn rugzak van de spijker. Ik propte er wat kleren in, een grondzeil, een slaapzak, een veldfles met wijn, de blikjes die ik nog had, een aansteker, mijn mes, krantenpapier, een batterij, twee boeken, mijn pen en mijn schrift. Ik wilde het gebied dat ik kende achter me laten, ontdekken wat er was op twee, drie dagen gaans. Ik vertrok zwaar beladen, maar toen ik de deur achter me dichttrok had ik toch het gevoel dat er een last van me af viel. Die last kon natuurlijk de hut zijn, of de mensen die hem in mijn ogen hadden ontheiligd, maar het was veel waarschijnlijker dat ik het zelf was. Wat ontvluchten we anders als we ons huis ontvluchten? Tabee, zei de buitenjongen tegen de stadsjongen; daarna keerde hij hem de rug toe en sloeg opnieuw het pad naar boven in.

# Bivak

Toen ik afdaalde over de door de aardverschuiving opgeslokte helling, zakten mijn bergschoenen weg in de zachte aarde: een grijzige brij, plakkerig als verse specie, die elke pas tot een kwelling maakte. Ik stapte op een ontwortelde boomstam die op de chaos aan losse stenen en modderige stroompjes terecht was gekomen en liep er als een evenwichtskunstenaar overheen, langs reusachtige, als door een explosie weggeslingerde aardkluiten die op een rotsblok waren geland of vastzaten in een scheur in de grond en die zelfs in die onnatuurlijke posities koppig doorbloeiden. Boven me gaf een brede, donkere strook de plaats aan waar de berg was afgebrokkeld. Vochtig, rot gesteente, wortels van lariksen die halverwege uit de wand staken en er niet in waren geslaagd die bij elkaar te houden. Geen spoor van wild, geen fluitende alarmroep, geen enkele marmot die snel zijn hol in dook als ik langsliep: het was alsof ze die plaats des onheils massaal hadden verlaten. Zelfs de vogels zwegen, zodat je niets anders hoorde dan het geborrel van een ondergrondse bron. Ik was opgelucht toen ik de laatste puinresten had bereikt en vagelijk iets van een pad vond dat naar links afboog; ik liet de aardverschuiving achter me en begon weer te klimmen.

* *
*

Ik was van plan geweest de nacht aan de oever van een meer door te brengen, me te warmen aan het vuur en naar de augustussterren te kijken, maar helaas: het regende die zomer aan één stuk door, en toen ik er eenmaal was, hoorde ik onweer naderen. Het was inmiddels een uur of zeven. Boven het dorp een paar kilometer verderop in het dal dat ik een paar uur eerder had verlaten, hing een front van donkere regenwolken en donderde het al. Twee vissers deden verwoede pogingen een tentje op te zetten. De wind kwam met woeste vlagen aanrollen, joeg rimpels over het wateroppervlak en dreef de wolken onze kant op, en dus zette ik koers naar een groepje bouwvallen in de hoop daar beschutting te vinden. Een van de hutten was er iets minder slecht aan toe dan de rest: de muren stonden overeind, zij het scheef, en het dak was afgedekt met golfplaat. Als iemand hem nog gebruikt, dacht ik, zal er wel ergens een grendel zijn, of een slot. Maar ik zag nergens een sleutelgat. De deur hing helemaal uit het lood en klemde behoorlijk. Ik duwde, voelde dat hij meegaf, zette vervolgens mijn schouder ertegen en hij vloog open.

Het duurde even voordat mijn ogen gewend waren aan het donker. Buiten begon de regen op de golfplaten te tikken. Er waren geen ramen, maar een kier tussen de muren en het dak liet een beetje licht door. Midden in de ruimte was een vuurplaats: vier platte stenen om de houtskool bij elkaar te houden, in een hoek de draaibare haak om de kookpot aan op te hangen. Verder een plank met daarop een olielamp, een paar lege flessen, wat kaarsstompjes en een speelgoedpistool. Wat moest een speelgoedpistool daar nou? Het was een neprevolver, helemaal kapot en met plakband bij elkaar gehouden. Terwijl ik ernaar keek, herinnerde ik me de vuile, schuwe herderskinderen die ik als jongetje in de bergen had gezien en die als kleine volwassenen hun koeien hoedden, en ik probeerde me het leven voor te stellen dat ze leidden als niemand hen zag. Ik vond ook een stuk spiegel en een vuile kom, twee metalen bekers en een smerig matras waar de vulling uit hing. Dat zullen de muizen wel hebben gedaan, dacht ik, want de vloer lag bezaaid met plukjes rottende wol, gebroken flessen, stro en god mag weten wat nog meer. Gelukkig was er niet genoeg licht om het allemaal goed te zien. Het onweer maakte nu een oorverdovend kabaal: ik veegde zo goed en zo kwaad als het ging een stuk vloer schoon om ruimte te maken voor mijn slaapzak, ging er vervolgens op zitten en opende mijn rugzak. Een stuk bruinbrood, een blikje vlees, twee tomaten en wat wijn, dat was het menu van die avond. Met al dat water dat naar beneden kwam, was eten de enige manier om de tijd te verdrijven, dus ik probeerde het zo lang mogelijk te rekken door eindeloos op het brood te kauwen en maar kleine slokjes wijn te nemen. Maar op een gegeven moment stopte het met onweren. In een hoek van de kamer vond ik droog hout en ik maakte buiten een vuur, op een paar meter van de hut, omdat ik bang was dat ik mezelf zou uitroken als ik de vuurplaats zou gebruiken. Toen het weer begon te regenen brandde het al lekker fel. Doordat ik op de drempel zat lukte het me droog te blijven en had ik wat licht om bij te lezen, en zo bracht ik de avond door in gezelschap van een boek van Primo Levi, *Het periodiek systeem*, een autobiografie in de vorm van verhalen. Het dreigende silhouet van de berg waar ik de volgende dag overheen moest torende boven me uit: af en toe keek ik op om het te bestuderen, totdat het te donker was om nog iets te doen.

Ik ging naar binnen, stak de stompjes kaars aan en las in mijn slaapzak verder. In 'IJzer', het vierde verhaal uit het boek, denkt Levi terug aan zijn vriendschap met Sandro Delmastro, die hij in 1938 had leren kennen aan de scheikundefaculteit in Turijn. Het was een ontmoeting tussen twee outcasts: Primo was dat net geworden door toedoen van de rassenwetten (een zoon uit de gegoede Turijnse burgerij die geschokt en verontrust was door het wantrouwen waarmee zijn metgezellen hem opeens bejegenden), Sandro was dat altijd al geweest, door zijn schoenen, zijn kleren, zijn handen, zijn manier van lopen, zijn taalgebruik en de gewoontes die hij vanuit de bergen had meegenomen toen hij uit Ivrea naar de stad was gestuurd om te gaan studeren. Een joodse jongen en een bergbewoner die elkaar herkenden en elkaar begonnen te helpen. Primo hielp Sandro met de scheikunde zoals die in hun boeken beschreven stond, overtuigd dat daarin de sleutel lag die toegang bood tot het geheim van de materie, en Sandro nam Primo mee om de materie écht aan te raken en het geheim ervan via de rotsen, de bergbeken, de wind en de sneeuw te doorgronden. In de bergen, in die steeds donkerder jaren die voorafgingen aan de 'nacht over Europa', was hun vriendschap nog hechter geworden en hadden ze van hun laatste momenten van vrijheid genoten. 'Hij nam me mee op afmattende tochten door de ongerepte sneeuw, ver van elk spoor van menselijke aanwezigheid, waar hij zijn weg op zijn gevoel scheen te vinden, als een oerwoudbewoner. 's Zomers trokken we van berghut naar berghut, dronken van zon, moeheid en wind, de huid van onze vingers schavend aan steen dat nog nooit door een mensenhand was aangeraakt; maar nooit naar de beroemde toppen, of uit op de gedenkwaardige prestatie; daar maalde hij niet om. Waar het hem om ging, was zijn grenzen te leren kennen, zijn krachten te meten en sterker te worden; en meer in de diepte voelde hij de behoefte om zichzelf, en mij, voor te bereiden op een toekomst van ijzer, die van maand tot maand dichterbij kwam.

Sandro in de bergen zien verzoende je met de wereld en deed je de nachtmerrie die over Europa hing vergeten. Het was zijn wereld, de plaats waarvoor hij gemaakt was, net als de marmotten wier gefluit hij nadeed en wier snoeten hij trok; in de bergen werd hij gelukkig, een stil, aanstekelijk geluk, als een licht dat opgaat. Hij gaf me een nieuw gevoel van verbondenheid met hemel en aarde, waarin mijn behoefte aan vrijheid, de kracht van mijn jeugd en de honger om de dingen te begrijpen die me naar de scheikunde hadden gedreven, samenstroomden.'

's Nachts hield het meerdere keren op met regenen en dan begon het weer. Ik sliep in en werd steeds weer wakker. Bij vlagen droomde ik, in die verwarde opeenvolging van bewustzijnstoestanden, dat er rondom me in de hut wezens bewogen. Wellicht het spookbeeld van een eenzaam herderskind, of van die twee jongens die me zo'n zeventig jaar eerder waren voorgegaan. Primo en Sandro hadden daar op een van hun zwerftochten best langs kunnen komen: ik dwaalde door dezelfde bergen die zij hadden doorkruist. Op een dag hadden ze een verkeerd pad genomen en waren verdwaald, Primo had voorgesteld om terug te gaan maar Sandro was onvermurwbaar, hij wilde verder. 'Het ergste wat ons kan overkomen,' had hij geheimzinnig gezegd, 'is dat we berenvlees moeten eten.' Het werd nacht en de twee vrienden berustten erin dat ze die in de open lucht zouden doorbrengen, dicht tegen elkaar aan, klappertandend, kijkend naar de maan en een lucht 'van gescheurde wolken'. Bij het ochtendgloren waren ze tollend van de kou en de slaap teruggekeerd naar de berghut.

Ook ik stond op toen de hemel begon te verbleken. Het was rond vijf uur 's ochtends. Ik had schoon genoeg van dat gedraai op die vloer in mijn pogingen de glasscherven en de door het dak lekkende regen te ontwijken, terwijl ik ondertussen bedacht dat de tijd in staat is in te krimpen en uit te dijen: een heel jaar kon in een oogwenk voorbijvliegen, maar aan één enkele nacht leek geen einde te komen. Ik rolde mijn slaapzak op en pakte mijn rugzak in, trok mijn bergschoenen aan en liet de krant waarmee ik het vuur had aangemaakt achter met de gedachte dat iemand die vroeg of laat nodig zou kunnen hebben. Ten slotte zei ik de hut die me beschutting had geboden gedag, trok de deur achter me dicht en ademde diep in.

Buiten was de lucht vochtig en koud. Ik voelde me gebroken en nog moeier dan de avond tevoren, maar ik wist dat dat gevoel zou verdwijnen als ik eenmaal liep. Ik probeerde niet aan het woord 'koffie' te denken. Ik stopte aan de oever van een stroompje, poetste mijn tanden en waste mijn gezicht en mijn nek totdat ik klaarwakker was. Het was een heldere ochtend, met tweehonderd meter onder me het meer, nog in de schaduw, en duizend meter boven me de bergtop, al vol in de zon. Beneden, op de zwarte rotsen, verkommerden de grauwe sneeuwvlekken, maar hoger op de bergwanden waren verse, zilverwit fonkelende banen te zien die de randen en de plooien ervan als met een krijtstreep markeerden. Ik bedacht dat het hogerop wellicht had gesneeuwd, maar ik had de sneeuw nog nooit zulke duidelijke lijnen zien trekken. Ik zou er later achter komen dat het ijs was: de hagel van die nacht had zich opgehoopt in spleten en op richels, en in het zonlicht werden die tot glinsterende aderen. Er stond me nog minstens twee uur lopen over losse keien te wachten voordat ik boven zou zijn, waar ik het ijs verbaasd door mijn vingers zou laten glijden. En dus boog ik als een muildier mijn hoofd, haakte mijn duimen achter de draagriemen van mijn rugzak en vroeg mijn trouwe benen om weer aan het werk te gaan.

'En toen de herbergier ons grijnzend vroeg hoe het ons was vergaan en daarbij naar onze holle gezichten keek, antwoordden we zonder een spier te vertrekken dat we een prachtige tocht hadden gemaakt, betaalden de rekening en vertrokken met waardigheid. Dat was het dus, berenvlees; en nu, zoveel jaren later, spijt het me dat ik het niet vaker heb gegeten, want van alles wat het leven me aan goeds heeft gebracht, heeft niets ook maar in de verte de smaak gehad van dat vlees: de smaak van sterk en vrij zijn, ook vrij om fouten te maken, en baas te zijn over je eigen lot.'

# Berghut

Hoe vroeg ik ook wakker werd in de berghut, er was altijd wel iemand die al eerder wakker was. Mijn raam zat aan de oostkant en keek uit op een zwarte bergketen van waarachter om zes uur 's ochtends de zon tevoorschijn kwam, die de muur tegenover mijn bed verlichtte en de kamer in een oranjegouden gloed zette. Ik deed mijn ogen open in dat plotse licht, mijn slaapzak door onrustige dromen helemaal in elkaar gedraaid. Het was de geur van het vuur die me eraan herinnerde waar ik was. Beuken, een andere geur dan het larikshout dat ik thuis stookte. De kachel brandde er de hele dag op maar we kregen de keuken maar ternauwernood warm. Dat was de plek waar we in die natte augustusmaand altijd zaten: we zetten koffie op de kachel, kookten erop, hingen onze kleren ervoor te drogen en roosterden er de vochtige en de hemel mag weten hoe oude pistachenoten op die we een keer onder in een kast hadden gevonden.

Het was een oude hut, in de negentiende eeuw gebouwd om werkmigranten die 's winters naar huis terugkeerden onderdak te bieden. Hij lag op vijfentwintighonderd meter hoogte aan een oud, in onbruik geraakt handelspad, op de pas tussen twee dalen – het ene, waar ik vandaan was gekomen, liep in westelijke richting steil naar beneden, het andere strekte zich glooiend uit naar het oosten en naar de toppen en de onbekende dorpen die ik vanuit mijn raam kon zien. Nu het ezeltijdperk voorbij was, maakte de col geen deel meer uit van welke route dan ook, en hij was omgeven door bergen die alpinisten te min vonden en die voor eenvoudige wandelaars te lastig waren. Maar voor mij waren ze ideaal omdat die wereld zo ongerept was als ik me maar wensen kon: steenslag, kammen, sneeuwvelden, en geen sterveling te bekennen.

Ik was van plan geweest er maar één nacht te blijven, maar 's ochtends had ik ineens een ingeving gekregen. Ik had al mijn moed bij elkaar geraapt en de twee huttenwaarden gevraagd of ik mocht blijven, in ruil voor werk: ik had geen zin meer om rond te trekken, de plek stond me aan maar geld om er langere tijd te verblijven had ik niet. Ze hadden me bevreemd aangekeken. Ik was die nacht de enige gast en de hut leek dan ook niet echt een florerende onderneming. Maar ze hadden met elkaar overlegd, misschien hadden ze iets begrepen van hetgeen ik níet had gezegd. We waren allemaal een jaar of dertig. Ten slotte zeiden ze dat er geen werk was maar dat ik, als ik het leven wilde leiden dat zíj leidden, zo lang kon blijven als ik wilde, zonder te betalen. Beter kon niet.

Op het terrein voor de hut wapperde de Italiaanse vlag. Elk jaar werd die begin juni vervangen door een nieuwe, maar in de loop van de zomer vrat de wind hem langzaam maar zeker aan, en zo werd de lengte van de vlag tot de zandloper van mijn tijd aldaar. Toen ik er aankwam was het rood al bijna weg, er stak nog net een rafelig randje af tegen de lucht. Toen ik er vertrok was van het wit nog maar de helft over, een stompje vaderland dat een goede afspiegeling was van het wezen van de col, van ons leven op een grens.

Andrea was de matineuze van de twee huttenwaarden, en vooral met hem kreeg ik een band. Als ik beneden kwam had hij de kachel al aangemaakt, het ontbijt klaargezet en de afwas van de avond ervoor gedaan, en zat hij te roken en onderwijl op zijn laptop oude films te bekijken, of profielen van meisjes op internet. Hij zat altijd aan dezelfde kant van de tafel, naast het van de condens vochtige raam. Tegen een uur of elf stapte hij van koffie over op aangelengde wijn, of op Pernod met water, of op Campari met witte wijn, rolde sjekkies van Golden Virginia, vroeg of ik ook wat wilde drinken en liet me de Engelse toeristes zien die hij die winter had leren skiën. Nu zaten ze aan het strand en zetten foto's van zichzelf in zwemkleding online. Het leken wel meerminnen uit verre zeeën. Bij ons regende het elke dag en soms veranderde die regen in iets wat op natte sneeuw leek, en als het niet regende of sneeuwde, stond er een ijzige wind die me zodra ik mijn neus buiten de deur stak terug naar binnen joeg. Het enige meisje van vlees en bloed was een bergloopster die daar kwam trainen: we sloegen haar gade door de verrekijker als ze langs het pad omhoog kwam hollen, becommentarieerden haar figuur, hoopten dat ze, al was het maar één keer, zou stoppen voor een kop koffie. Maar als ze op de col was, tikte ze de muur van de hut aan, maakte rechtsomkeert en holde terug naar beneden, vluchtig als elk schoonheidsvisioen. Haar figuur op de terugweg was net zo betoverend, maar weemoediger dan op de heenweg.

Davide sliep altijd uit en verscheen als laatste in de keuken, maar was vanaf dat moment continu in de weer. Om de dag kneedde hij brooddeeg, dat hij vervolgens in de oven schoof. Hij deed de administratie, beantwoordde de telefoon en was ook degene die de gasten ontving, omdat Andrea liever in de keuken bleef zitten en het liefst zo weinig mogelijk zei. Davide had altijd meer ideeën dan hij verwezenlijkte. Investeringen, feesten, plannen om de efficiëntie van de hut te vergroten. Als hij even niets omhanden had, pakte hij een guts van de vensterbank en begon het heft van een mes te bewerken. Hij zei dat hij geen symmetrische vormen kon snijden. Hij was ervan overtuigd dat er iets in hem school dat botste met symmetrie, misschien wel omdat hij jaren daarvoor zijn jukbeen had gebroken, waardoor zijn gezicht was getekend. Als hij daar op regenachtige dagen zo zat, praatte hij honderduit. Het was net of de radio aanstond.

Ik had bezit genomen van de keuken. Ik had de provisiekast uitgekamd en van alles gevonden: rijst, gedroogde groenten, bloem, tomatenpulp, blikjes tonijn, ansjovis en olijven. Er stonden zakken met uien en aardappelen die tot eind september goed bleven. Kaas, eieren en boter haalden we op een iets lager gelegen alm, en met die ingrediënten moest ik elke dag weer een andere maaltijd in elkaar zien te draaien.

Afgezien van het monotone dieet en het chronische gebrek aan meisjes, was elektriciteit ons voornaamste probleem. Er was niet genoeg zon om onze panelen te voeden, de windmolen was nog slechts een droom in het hoofd van Davide en met onze dieselolie moesten we heel zuinig zijn. Als er gasten kwamen, zetten we het aggregaat aan, want anders was de middag één langzame gewenning aan het donker. Ik zat aan het hoofd van de tafel en las de gedichten van Antonia Pozzi en een dagboek dat ik in de hut had aangetroffen, het verhaal van een voormalig soldaat van Napoleon die er veertig jaar lang zomer en winter had gebivakkeerd en die als taak had om na elke sneeuwstorm het pad weer begaanbaar te maken, de bel te luiden als het mistte en de kachel brandend te houden voor als er mensen kwamen. Anderhalve eeuw later leidden wij niet eens zo'n héél ander leven. Door tegen zessen bij het raam te gaan zitten, kon ik net voldoende van het melkachtige lichtschijnsel opvangen om de woorden in het dagboek nog te kunnen onderscheiden. Later staken we een kaars aan, en als ook die was opgebrand, was het tijd om te gaan slapen.

Ik was verrast geweest dat de jongens me zo als vanzelfsprekend hadden opgenomen, maar had het idee dat ik de reden wel begreep. We waren door dezelfde behoeftes daarheen gedreven, en er was niet veel voor nodig geweest elkaar te herkennen. Als ik naar bed ging legde ik twee dekens over mijn slaapzak. In het pikkedonker kroop ik erin. Ik sliep in kleren die roken naar uiensoep, stoofpot die uren op het vuur had gestaan, vochtige wol en houtvuur – een geur die ik lang zou beschouwen als de geur van thuis.

Je raakte gemakkelijk de tel van de dagen kwijt. Tot de avond viel regeerde er buiten een eentonig, immer identiek wit. Alleen bij zonsopgang keek je soms van bovenaf neer op de wolkenzee; dan leek het alsof onze wereld gescheiden was van die daaronder, de ene knalblauw, de andere regenachtig en donker. Maar binnen de kortste keren kwam de vloed opzetten, slokte de bossen, de weilanden en de keienvelden op, likte aan de hoogste helling en spoelde ten slotte ook over ons heen. In de keuken hoorden we de metalen kabel van de vlag tegen de mast tikken, en dat getinkel was de muziek van de col, aangevuld met het fluiten van de marmotten, het kraken van de luiken in de wind, het geknetter van de kachel en het geluid van de gitaar die Davide of Andrea soms ter hand nam, alhoewel geen van beiden echt kon spelen.

Soms kwamen er mensen. Steeds maar een paar per keer, die we van bovenaf door de verrekijker gadesloegen. Andrea noemde ze de eendagsvliegen. Davide wachtte ze op bij de deur, serveerde ze een bord polenta met worst en een glas wijn, en voegde zich daarna weer bij ons in de keuken. We bewaarden afstand, niet omdat we geen gasten wilden, maar omdat die mensen bij de benedenwereld hoorden en nieuws meebrachten, nieuws dat we niet wilden horen. We konden prima zonder. Als de eendagsvliegen weer vertrokken keken we ze na, zagen ze steeds kleiner worden en ten slotte om een bocht van het pad verdwijnen, en dan waren we blij dat we weer alleen waren.

# Een laatste fles

Op een ochtend vertoonde zich een streepje blauw tussen de wolken. Tussen de spullen die ik in de hut had gevonden zat een hengel, en ik vroeg Davide en Andrea waar ik die zou kunnen uitgooien.

In het meer dat er niet is, zeiden ze.

Waarom heet dat zo?

Omdat je het soms kunt vinden en soms niet.

En zijn er forellen?

Als je het meer vindt, vind je de forellen misschien ook wel.

Ze wezen me een pad dat over de kam liep en vervolgens, nog steeds op dezelfde hoogte, westwaarts afboog, dwars over het keienveld. Of het meer nu bestond of niet, na dagen binnen in de hut te hebben gezeten, had ik enorm veel zin om mijn benen te strekken, dus ik stopte de hengel in mijn rugzak en vertrok. Met stevige pas liep ik de vlag voorbij en kwam bij de rots waar Davide en Andrea hun initialen en die van een vriend die er niet meer was in hadden gekrast, onder een klein kruis. Eenmaal boven verraste ik een stel gemzen; ik verliet het pad en volgde ze totdat ik ze over het bevroren spoor van een lawine bergafwaarts zag verdwijnen. Het was weken geleden dat ik door de sneeuw had geploegd, en ik besloot ze achterna te gaan. Ik gleed, viel, stond weer op, lachte hardop en joelde het daarna onwillekeurig uit. Ik kon me nog herinneren van toen ik een jongetje was hoe de bergen een transformatie bij me teweegbrachten: de vreugde om het feit dat je een lichaam had dat weer in harmonie met zichzelf kwam als het zich in zijn element voelde, de vrijheid om te hollen en te springen en te klauteren, met handen en voeten die als vanzelf gingen, de volstrekte onmogelijkheid jezelf te bezeren. Het was ook een leeftijdsloos lichaam – niet meer dat lichaam dat sinds een paar winters ouder begon aan te voelen.

Het geheimzinnige meer bestond wel degelijk. Ik snapte waarom het zo werd genoemd: ingebed tussen door gletsjers gepolijste rotspartijen, zwart water op zevenentwintighonderd meter hoogte, je kon er zo voorbijlopen zonder het op te merken. Ik ving wat sprinkhanen in het karige gras en stopte ze in een potje om als aas te gebruiken. Vissen… ik had in mijn leven maar een paar keer gevist, maar misschien hadden de forellen in het meer ook maar met een paar vissers te maken gehad: de eerste drie keer gooide ik mijn hengel dicht bij de oever uit en ving ik telkens een kleintje, niet veel langer dan een handpalm. De vierde keer gooide ik hem verder uit: ik zag nog net een grote schaduw voorbijzwemmen, voelde trekken, trok zelf ook, en even later had het meer me alles uit handen gerukt. Dat was de vis die er niet is, dacht ik. Als echte beginneling had ik geen reservehengel meegenomen, maar het begon toch al weer te betrekken, dus ik besloot terug te gaan.

Toen ik weer boven op de kam was, zag ik iets wonderbaarlijks: ik stond midden tussen de wolken en achter me brak plotseling een spiertje zon door. De zon projecteerde een cirkelvormige regenboog op de wolken, en midden in die cirkel zag ik het silhouet van een man. Het duurde een paar seconden voordat ik begreep dat ík die man was. Ik was lang en dun, met ellenlange benen en armen waarmee ik zwaaide om die andere ik, een met licht omschenen buitenaards wezen, te begroeten. Het schouwspel duurde maar kort, want de zon verdween bijna meteen weer achter de wolken en de lucht vulde zich met statische elektriciteit. Nu krijg ik de volle laag, zei ik bij mezelf. In mijn rugzak zat de buit van mijn visexpeditie, en op mijn haastige terugweg somde ik in gedachten alle recepten op die ik kon bedenken: forel in folie, in spekvet gebakken forel, gemarineerde forelfilet, in almboter gebakken forel met wilde tijm. Ik had zin om een lekker maal voor mijn vrienden te koken. Toen onze halve vlag uit de mist opdoemde, vielen de eerste druppels; vlak bij de hut opende ik het potje met aas en voordat ik naar binnen ging bevrijdde ik de sprinkhanen die er nog in zaten.

Met Andrea deelde ik de ochtenden, en meer. We leken te veel op elkaar om het niet te weten en om er niet enigszins door verontrust te zijn, zoals wanneer je langs een etalageruit loopt en je je pas een fractie van een seconde later realiseert dat jíj die vent bent die je erin weerspiegeld ziet. Fysiek leken we niet op elkaar, maar wel qua karakter, dat wil zeggen in de manier waarop we onszelf ervoeren en met anderen omgingen; een zekere neiging tot idealisme en een te dunne huid voor de rauwheid van relaties, zodat we allebei het ene moment vol grootse plannen zaten en het volgende in onszelf gekeerd waren. Stilte en alleen-zijn waren een goed tijdelijk heenkomen. Ook wijn hielp, totdat die een probleem werd. Van mezelf wist ik dat allemaal al: het was voor het eerst dat ik het zo duidelijk bij een ander zag. Dat het daar gebeurde, in een oude berghut op de grens tussen twee dalen, maakte dat onze ontmoeting afgesproken werk leek. Lang kon het niet duren, want niemand kon het gezelschap van een tweede ik al te lang verdragen – wij tweeën tenminste niet.

Hem zat het in het bloed, dat wil zeggen, hij was de zoon van een huttenwaard en de kleinzoon van een bergbewoner bij wie hij als kind de zomers op de alm had doorgebracht. Eenmaal volwassen had hij zich aan de moderne tijd aangepast: 's winters werkte hij als skileraar in een Frans wintersportoord, met discotheken en pubs aan de voet van de piste, en daarmee verdiende hij genoeg om het de rest van het jaar uit te zingen. De berghut was geen werk maar een manier om weg te blijven uit het dorp dat hij zo langzamerhand als gevaarlijk beschouwde, een manier om zich te verschansen in de bergen waarvan hij wist dat hij daar, tenminste voor een tijdje, veilig was. Wat die gevaren in het dal waren, behoefde geen betoog. Beter drie maanden een hut beheren waar nooit iemand kwam.

Veilig, maar niet gelukkig. Toen we genoeg bevriend waren geraakt om elkaar in vertrouwen te nemen, vertelde hij me dat hij helemaal genoeg had van de bergen. Hoezo? zei ik, in de overtuiging dat onze band stoelde op het feit dat we allebei het liefst op hoogte verbleven. Ik verwarde wortels met roeping, of misschien voelde Andrea, die hier geboren was, net als ik de behoefte zijn eigen plek in de wereld te kiezen: hij wilde ergens heen waar het warm was, naar Griekenland of naar Sicilië. Hij vertelde over de reizen die hij in de herfst, na het huttenseizoen en vóór het skiseizoen, maakte naar een of ander zuidelijk strand met zon, witte wijn, vis en citroenen. In zijn droomeilandscenario was ook sprake van een meisje. Andrea was vast van plan de rijke Amerikaanse skiërs die hem 's winters inhuurden voldoende geld af te troggelen om samen met haar een huisje aan zee te kopen en de hut, de sneeuw en de rest vaarwel te zeggen. Iets zei me dat hem dat zou gaan lukken.

Er was daar in de buurt een top die hem zozeer toebehoorde dat die zelfs de naam van zijn familie droeg, en het was de enige die we samen beklommen. Dat was vlak voor mijn vertrek. 's Avonds kwamen er wat vrienden uit het dorp die ook bleven slapen, 's ochtends hing Davide buiten een bord op met het opschrift WE ZIJN DE BERGEN IN, daarna trokken we de deur achter ons dicht en sloegen het gebruikelijke pad in. Sommigen vinden het fijn om met een groep te lopen, anderen splitsen zich daar bijna zonder het te willen meteen van af: ik wilde graag naar de kam die ik al een keer had verkend, en ging dus die kant uit. Onder me zag ik ook Andrea zijn eigen weg kiezen en met lichte tred tussen de rotspartijen verdwijnen: het pad lieten we aan de in ganzenpas lopende vrienden. Niet veel later vereiste de kam al mijn concentratie. Ik stak de bevroren lawine over waarlangs ik de eerste keer was afgedaald, en eenmaal voorbij de top vanwaar ik van bovenaf het meer dat er niet was kon zien, bleef ik stug de graat volgen in plaats van te kiezen voor een van de makkelijker begaanbare gemzensporen die aan weerszijden van de berg liepen. Op een gegeven moment moest ik mijn handen gebruiken, eerst alleen om steun te zoeken en daarna om me op te trekken totdat ik schrijlings boven op een rotsblok zat, met onder elke voet een gladde wand, en me afvroeg of ik geen vreselijke stommiteit beging. Daarna werd de klim weer eenvoudiger, een brede bergrug van platte, wiebelende steenplaten, een soort spel waarbij je moest kiezen op welke steen je zou springen. Onder de top bevond zich een laatste inkeping, en daar kwam ik Andrea weer tegen: hij was in zijn eentje door een couloir omhooggeklommen en we troffen elkaar op de plek waar onze wegen elkaar kruisten. Het stoorde ons niet, sterker nog, we moesten erom glimlachen, want los van elkaar en zonder elkaar te zien hadden we hetzelfde tempo aangehouden – een zeldzame toevalligheid, maar we hadden geen van tweeën behoefte erover te praten.

Ik had er niet aan gedacht een fles mee te nemen, hij

wel. Hij haalde hem uit zijn rugzak en ontkurkte hem op de top die net zo heette als hij, terwijl de anderen zich bij ons voegden. We hadden er al heel wat gedeeld, maar de laatste smaakte het best: we schreven de datum en onze namen in het topboek, en ik was blij dat ze in dat op drieduizend meter hoogte verstopte schriftje naast elkaar stonden. Ze waren dan wel niet in de rots gekrast, maar daarboven op de berg zouden ze in elk geval een paar jaar bewaard blijven.

*Mist. En het doffe ploffen van stenen*
*in de couloirs. Van de nachtelijke sneeuwvelden*
*afkomstig watergefluister.*

*Je spreidt een deken voor me uit*
*op de strozak:*
*met je harde handen*
*leg je hem over mijn schouders,*
*zacht, opdat ik het niet*
*koud krijg.*

*Ik denk*
*aan het grote mysterie dat in jou*
*huist, onder je tedere*
*gebaar; aan de betekenis*
*van onze woordloze,*
*menselijke verbondenheid,*
*tussen de machtige rotsen*
*van het gebergte.*
*En wellicht zijn er meer sterren*
*en geheimen en onpeilbare wegen*
*tussen ons, in de stilte,*
*dan in de weidse hemel*
*boven de mist.*

Antonia Pozzi, *Berghut*

# Huilen

Het zat er al een tijdje aan te komen, en uiteindelijk barstte ik op het meest ongelukkige punt dat je je maar kunt bedenken in huilen uit, midden op een keienveld, toch een van mijn lievelingsplekken. Al bijna een uur kwam ik steeds langzamer vooruit: ik klom een paar passen, bleef staan, boog voorover om op adem te komen, keek omhoog naar de bergkam en had het gevoel dat ik geen meter was opgeschoten. Hoeveel graten was ik al niet overgestoken? Vijf, zes steil oprijzende rotswanden die ik op de gok moest beklimmen, in de hoop dat ik aan de andere kant weer naar beneden kon zonder mijn nek te breken. Het was niet altijd goed gegaan. Twee keer stond ik, eenmaal boven, aan de rand van een ravijn en moest ik terug om te kijken of ik er ergens anders overheen kon. Een paar uur eerder had de vermoeidheid toegeslagen, en nu was ik echt volkomen uitgeput: de banden van mijn rugzak sneden in mijn schouders en door alle inspanningen, de hoogte en de moedeloosheid voelde ik me misselijk, iets wat me sinds mijn kindertijd niet meer was overkomen. In die gemoedstoestand verkeerde ik toen ik bij een passage kwam die moeilijker was dan alle voorgaande. Ik greep de rots vast en probeerde te klimmen, maar kwam erachter dat ik totaal geen souplesse meer had. Ik zocht steun met mijn voet, gleed weg, viel en zat onbedoeld ineens een stuk lager op een grote, platte steen. De pijn volgde kort daarna. Een steek ter hoogte van mijn heup en een geschaafd been, maar ik had niet het gevoel dat ik iets had gebroken. Ik ging op de steen liggen met mijn rugzak als kussen. Op dat moment kreeg ik een brok in mijn keel en werd het me wazig voor de ogen. Huil maar, dacht ik, niemand ziet je. En ik snikte het uit, languit op die steen, omdat ik moe was, iedereen miste en niet meer wist waar ik was.

Halverwege augustus neigde de zomer al naar de in de bergen vroeg intredende herfst. Ik was 's ochtends vroeg uit de berghut vertrokken, maar omdat ik niet bepaald blij was dat ik er wegging, besloot ik een andere route terug te nemen. Het zou minder triest zijn, dacht ik, als ik mijn afscheid kon omzetten in een avontuur. Een tiental kilometers verderop lag een dorp waar ze die dag de naamdag van de beschermheilige vierden, en de herders feestten met iedereen die erheen kwam.

Als ik de kaart zou volgen, moest ik eerst duizend meter dalen en daarna in het volgende dal weer duizend meter stijgen, maar ik was ervan overtuigd dat ik ook als ik op dezelfde hoogte bleef op een of andere manier aan de andere kant van de berg zou kunnen komen. Dé manier om je in de nesten te werken: proberen af te snijden. En dus was ik begonnen met het traverseren van een lange puinhelling met slechts hier en daar een pluk gras, wat jeneverbesstruiken of alpenrozen en de laatste bevroren sneeuw in de couloirs. Het weer was als altijd een mysterie. Ik zat lang in de wolken, die af en toe uiteenweken zodat ik de route kon bestuderen. Aan mijn rechterhand lag een rij toppen met elk een uitloper. Maar hoeveel het er waren wist ik niet, noch wat voor problemen ze met zich mee zouden brengen. Om te zien hoe ik verder moest, keek ik wat de gemzen deden. Ik kon ze van onderaf goed volgen, keek over welke richels en stukjes platgetreden begroeiing ze liepen: duizelingwekkende routes die de bergflanken als loipes op grote hoogte doorsneden en die plots ophielden als de gemzen zich weer verspreidden. Zo sleepte ik me helling na helling op terwijl ik me afvroeg wat er aan de andere kant was, hopend op een plateau of een kom; en als ik dan op de kam stond, kwam ik erachter dat me wéér een zware afdaling wachtte, wéér een keienveld dat nergens op uitkwam, wéér een klim die identiek was aan de klim die ik net had voltooid. De straf voor de zonde van de hoogmoed. En uren later, toen ik daar languit op die rots lag te snikken, was het einde nóg niet in zicht.

Nu keek ik naar de lucht en benijdde de wolken die moeiteloos van het ene naar het andere dal joegen. Ik voelde me stom, arrogant; daar lag ik nu, meegesleurd door een infantiel plan: verdwalen om te zien of ik in staat was de weg terug te vinden, van iedereen wegvluchten om te kijken of iemand me zou missen. Ik was de bergen in getrokken met het idee dat ik op zeker moment, als ik maar lang genoeg volhield, in iemand anders zou veranderen, en dat die transformatie onherroepelijk zou zijn, maar mijn oude ik stak steeds weer sterker dan daarvoor de kop op. Ik had geleerd hout te kloven, tijdens noodweer een vuur te maken, een moestuin te schoffelen en in te zaaien, te koken met bergkruiden, een koe te melken en hooibalen te maken, maar ik had niet geleerd alleen te zijn, wat toch het enige ware doel is van het kluizenaarsbestaan. Wat dat betreft voelde ik me nog net als op de eerste dag. De huid van mijn handen was steviger geworden, mijn lichaam sterker en weerbaarder, maar mijn geest was verstevigd noch versterkt, was nog steeds zwak en kwetsbaar. Mijn alleen-zijn had meer weg van een spiegelpaleis dan van een hutje op de hei: overal waar ik keek zag ik de ontelbare malen vermenigvuldigde reflectie van mijn verwrongen, groteske beeltenis. Ik kon me overal van ontdoen, behalve daarvan. En dus kwam ik, languit op die steen, tot de conclusie dat mijn onderneming was mislukt.

Terwijl ik daar zo lag te zwelgen in zelfmedelijden zag ik boven mijn hoofd een arend rondcirkelen. Zijn cirkels werden steeds kleiner, alsof hij een prooi in het vizier had, en instinctief vermoedde ik dat ik die prooi was. Ik lag daar roerloos; wat de arend betrof zou ik net zo goed dood kunnen zijn. Als ik dood was, dacht ik, zou hij na een tijdje niet langer dralen, duiken en toetasten. Ik was heel wat gemzen en steenbokken tegengekomen die tot op het bot van hun vlees waren ontdaan: hun skeletten stemden me treurig, maar ik troostte me met de gedachte dat ze een ander dier tot voedsel hadden gediend. Als ik de keuze had, zou ik ook wel zo aan mijn einde willen komen.

Ik stond op. Meteen won de arend aan hoogte en vloog weg. Ik stelde de schouderbanden van mijn rugzak bij, klikte de riem om mijn middel vast. De smak die ik had gemaakt bezorgde me niet al te veel pijn, en ik wist dat ik nog íets van energie had. Ik omzeilde de plek waar ik was gevallen en begon weer te klimmen, in dezelfde cadans als daarvoor, twee passen, rust, twee passen, rust, maar nu keek ik niet langer omhoog: ik had alleen nog aandacht voor waar ik mijn voeten zette. Ik had pas in de gaten dat ik op de graat stond toen ik er daadwerkelijk was, en nu zag ik eindelijk het dorp liggen dat ik zocht. Een tiental dicht opeenstaande almhutten, twee- à driehonderd meter onder me, met in de weilanden eromheen overal grazend vee. Boven een vuur in de openlucht hing een grote koperen kookpot, en ernaast stond een man die het in de gaten hield. Voor een wit kapelletje had zich een kleine menigte verzameld waaruit gezang opsteeg, begeleid door iemand op een trompet. Ik geloof niet dat ik ooit zó gelukkig ben geweest bij het zien van een mis en het horen van kerkgezang. Ik deed mijn rugzak af, ging opnieuw languit liggen en sloot mijn ogen – dit keer om van de muziek en de zon te genieten.

## *Herfst*

*Schrijfseizoen*

## Terugkeer

’s Middags was ik weer terug bij mijn almhut. Aanvankelijk ging hij schuil achter de bomen, maar toen ik dichterbij kwam dook hij opeens op uit het niets, zoals je ook wel hebt als je bijvoorbeeld een hoek omslaat en ineens iemand tegen het lijf loopt die ooit een vriend van je was maar dat niet langer is, en je niet weet of je hem moet omhelzen of hem met neergeslagen ogen voorbij moet lopen. Ten aanzien van die hut had ik hetzelfde soort gevoelens. De steenbokschedel die ik in juni had gevonden en die ik ‘de god van Fontane’ noemde, waakte nog steeds vanaf de vensterbank over zijn koninkrijk. De velden waren wat geler geworden, en de kom die ik gebruikte voor de honden lag omgekeerd op het gras. Die hebben me vast wel een beetje gemist, dacht ik bij mezelf, en het moestuintje nog veel meer: het was overwoekerd door onkruid en verwoest door een kalf op zoek naar sla. Zijn afdrukken stonden nog in de zachte aarde. Zelf was ik wat welgemanierder: ik trok mijn bergschoenen uit op het trapje voor de hut en zette mijn stok naast de deur. Binnen leegde ik mijn rugzak in de wasmachine: toen ik door de bergen zwierf had ik wekenlang dezelfde kleren aangehad zonder daar enige last van te hebben, maar nu ik thuis was stonken ze verschrikkelijk. Later, toen ik buiten de was aan het ophangen was, sprak ik mijn buurman, de herder, die zich uit naam van zijn kalf kwam verontschuldigen. Hij vond het erg vervelend, wilde me zelfs als schadeloosstelling een kistje groente komen brengen, maar ik bedankte hem en zei dat het geen punt was. De moestuin was van meet af aan geen goed idee geweest. Ik vond het niet erg hem aan het veld terug te geven.

Die avond bij het vuur overdacht ik de voorbije maanden. Ik bestudeerde de planken van het dak, de knoesten in het hout waarin wolven, beren en uilen te herkennen waren; ze deden me denken aan het lange voorjaar, voelden vertrouwd als een landschap uit mijn kindertijd. Hoeveel uren hadden we gedeeld, de hut en ik? Ik was hem ontvlucht omdat hij me door en door kende en getuige was geweest van mijn eenzame teleurstellingen en angsten, maar nu ik gebutst en licht verdoofd van mijn omzwervingen in augustus was teruggekeerd, als van een nachtelijke strooptocht, voelde ik dat ik me daar in de hut niet meer voor mezelf hoefde te schamen. Hij verwelkomde me en nodigde me uit tussen zijn muren uit te rusten. Of misschien was het gewoon de herfst die begon.

De volgende ochtend maakte ik een boswandeling. Ik vond jeneverbessen en bosbessen voor in de grappa. Overal in het onderhout stonden nu dikke gele ringboleten, op open plekken hier en daar een grote parasolzwam of wat vliegenzwammen. Het was alsof in de bergen, na een lang rijpingsproces, eindelijk het oogstseizoen was begonnen. Ik ging tegen een lariks zitten en haalde mijn schrift uit mijn zak. Ik keek een tijdje naar de boomtoppen, naar het spel van de zon tussen de takken, en dacht aan *Mijn arboretum* van Rigoni Stern: ik woonde hoger dan hij; hierboven was geen spoor te bekennen van beuken, essen, eiken of berken, de grote verscheidenheid aan bos rond zijn huis. Op tweeduizend meter heb je maar vier soorten bomen, de laatste bomen die de winters in het hooggebergte overleven, en die was ik toegedaan als waren het beschermheiligen. En dus besloot ik mijn schrift in te wijden met een dankbetuiging aan het kleine arboretum van Fontane:

> Ik heb respect voor de fijnspar, als voor de bewoner van een duister land. Hij leeft op vochtige hellingen en in schaduwdalen, waar de mens bouwt noch verbouwt. Door de vochtigheid groeit hij snel: zijn hout is licht, sponzig, geschikt om huizen mee te isoleren tegen de kou. Het is een vormelijk respect, voor een boom die ik nooit helemaal zal begrijpen. Wat me verontrust, is zijn onverschilligheid jegens de seizoenen: een altijdgroene plant is als een gezicht dat niet van uitdrukking

verandert. Ik wantrouw zijn volmaakt gevormde kruin die het moeilijk maakt het ene exemplaar van het andere te onderscheiden. De uitgestrekte fijnsparbossen doen me denken aan de wouden in het noorden, aan meren en fjorden, aan sneeuw. Maar ooit heb ik op een augustusmiddag onder een spar gescholen voor de regen en was ik dankbaar voor de dichtheid van zijn naalden en het zachte, droge tapijt onder de boom die me tot schuilplaats diende.

Ik bewonder de grove den in zijn hoedanigheid van pionier. Het is de eerste hoogstammige boom die puinhellingen en door lawines schoongeveegde couloirs heeft gekoloniseerd. De schraalheid van het terrein maakt hem tot een onregelmatig en bizar gevormde boom, elk exemplaar weer anders, allemaal kromgegroeid en verwrongen als de botten van oude bergbewoners. Ongeschikt als bouwhout. En ook niet geschikt voor de kachel, want de harsdampen koeken vast aan de pijpen, die ten slotte in brand vliegen. Maar diezelfde hars verleent zijn geur aan het bos dat ontwaakt uit zijn winterslaap. Die lucht doet me denken aan het zuiden en de zee, misschien wel omdat andersoortige dennen hun geur verlenen aan de mediterrane maquis – en daarmee is de grove den een droom over zon in een besneeuwd bos.

Ik hou van de lariks als van een broer. De lariks is de geur van thuis, is het vuur in mijn kachel. Een rij lariksen, dat is wat ik door het raam zie als ik opkijk van mijn papier. Op winderige dagen golven ze als graanhalmen. De lariks brengt maanden aaneen slapend door voordat hij in april uitbot, en dan verandert hij in de loop van de zomer van kleur: van diepgroen in juni en bleekgroen in augustus tot geel en rood in oktober. Hij houdt van zon, zuidhellingen, droge grond, wind. Op zoek naar licht groeit hij de hoogte in, boven de metgezellen uit die naast hem staan: daarom verdorren zijn onderste takken, net als gebeurt met zaken in het leven die we achterlaten, en dan is er nog maar weinig voor nodig of ze breken af, je ontdoet je ervan. Maar de broosheid van de takken staat garant voor de stevigheid van de stam: dakbalken van huizen worden van lariks gemaakt. In de nokbalk plegen de bergbewoners de bouwdatum te kerven: de indrukwekkendste huizen in dit dal dateren van begin achttiende eeuw. Als ik ernaar kijk, denk ik aan die vier eeuwen oude lariksen: één eeuw in het bos en de overige drie om een huis overeind te houden, en dat lijkt me de edelste dienst die een boom een mens kan bewijzen.

Ik vereer de alpenden als een god. De stok die ik op mijn wandeltochten gebruik komt van hem: hij is van wit hout dat in de loop van de tijd niet vergeelt en sterk en buigzaam is. Elders vormt de alpenden bossen, maar hier in de buurt is het een solitaire boom met een uiterst trage groei. Zijn zaden worden door vogels verstopt in hun geheime voorraadkasten, spleten in de rotsen in het hooggebergte. Daarna volstaan wat aarde en een stroompje regenwater: zelfs heel hoog, op de rand van afgronden en op kammen, groeien nog kleine alpendennen. Soms nemen ze verwrongen vormen aan vanwege de acrobatische toeren die ze tijdens hun groei moeten uithalen, vanwege de sneeuw die ze doet krommen en buigen, vanwege de bliksem die ze splijt. Het moedigste exemplaar vond ik op vijfentwintighonderd meter, een klein alpendennetje, ontkiemd op een richel die het beschutte tegen de wind en het van wat hemelwater voorzag. Ik had het gevoel dat ik een geheime tempel had ontdekt en heb vermoedelijk iets gezegd dat leek op een gebed.

# Woorden

Remigio las van alles, maar met name moeilijke boeken. Dat jaar Sartre, Camus en Saramago. Als we aan het wandelen waren, was het verbazend die namen uit zijn mond te horen, onze tegengestelde lezersgeschiedenissen te reconstrueren: ik had op een stedelijk lyceum gezeten, had op een gegeven moment alle intellectuele schrijvers afgezworen en was verslingerd geraakt aan Amerikaanse settlerliteratuur en roadnovels; hij had alleen middenschool gedaan, was opgegroeid in een bergdorpje en ontdekte nu op veertigjarige leeftijd de klassiekers. Hij vertelde me over zijn eenzame jeugd, een verlegen enig kind zonder vriendjes. Al snel was hij net als zijn vader in de bouw aan de slag gegaan. Hij vond werken fijner dan school, maar hij was beschouwend van aard en op zeker moment was hij zich bewust geworden van een ernstige beperking: de woorden die hij kende volstonden niet om te zeggen hoe hij zich voelde.

Ik bleef staan. We liepen zonder iemand tegen te komen door het laatzomerse bos. Hoe bedoel je? vroeg ik nieuwsgierig. Remigio bedoelde, legde hij uit, dat hij altijd dialect had gesproken en dat het dialect over een rijke en exacte woordenschat beschikt om plekken, gereedschappen, werkzaamheden, delen van het huis, planten en dieren mee aan te duiden, maar dat het waar het gevoelens betreft plots nogal karig en vaag wordt. Weet je wat je zegt als je somber bent? vroeg hij. Dan zeg je: het duurt maar. De tijd, dus. Het is de tijd die maar niet verstrijkt als je somber bent. Maar je kunt het ook gebruiken als je weemoedig bent, als je je alleen voelt, als je genoeg hebt van het leven dat je leidt. Remigio had op zeker moment besloten dat die drie woorden voor hem niet volstonden, dat hij nieuwe nodig had om te zeggen hoe hij zich voelde, en was ernaar op zoek gegaan in boeken. Daarom was hij zo'n gulzige lezer geworden: hij was op zoek naar woorden die hem iets over zichzelf vertelden.

Zoals iedereen in de bergen had hij een zomerberoep en kluste hij in de winter bij. 's Zomers knapte hij oude huizen op. 's Winters reed hij met een sneeuwkat over de skipistes. De werktijden en het salaris vond hij nou niet bepaald je dat, maar het landschap des te meer: 's nachts, alleen, met rondom die immense witte wereld, de drieduizend meter hoge bergtoppen in het licht van zijn koplampen, een muziekje in zijn cabine, en buiten de wind, of dichte mist, of een sterrenhemel.

Eén keer was hij bijna dood geweest. Hij was vijfentwintig en was op niet al te grote hoogte bezig een piste te egaliseren – de piste die langs mijn almhut liep. Op een gegeven moment zag hij dat de lariksen helemaal ombogen; hij kon zich nog net verbazen over de kracht van de wind voordat de luchtverplaatsing ook hem trof. Het was geen wind, het was een lawinefront. De luchtdruk volstond om zijn voorruit te verbrijzelen. Remigio was na god weet hoelang wakker geworden in wat er over was van de sneeuwkat, die klem zat tussen de bomen. Alles deed hem zeer, maar hij wist zich eruit te bevrijden en had zich naar beneden gesleept. Tijdens die afdaling, zo zei hij, was niet de pijn maar de vermoeidheid zijn ergste vijand geweest, de verleiding om te stoppen en uit te rusten. En toen had hij ontdekt dat een deel van hem onstuimig aan het leven hing: dát had ervoor gezorgd dat hij thuis was gekomen. Waar hij op het moment dat hij over de drempel stapte buiten bewustzijn was geraakt.

Maar hij zei niet 'thuis'. Hoewel hij een obsessie had met huizen verwees hij nooit rechtstreeks naar zijn eigen huis. Laten we naar mij toe gaan, zei hij. Of: waar ik woon. Nooit heb ik hem ook maar één keer 'thuis' horen zeggen. Ik vroeg me af waarom dat was, want ik begon elke plek waar ik woonde al snel zo te noemen. Misschien voelde hij zich wel nergens thuis, of maakte het hem niet uit in welk huis hij woonde omdat het hele dal zijn thuis was. Ik benijdde hem erom: deel uitmaken van een veel groter geheel, deel uitmaken van de bossen, de beken, de vorm van de bergen, het door de bergen uitgespaarde stuk hemel, de seizoenen die er voorbijtrekken.

Omdat hij zijn dorp nooit had verlaten, had hij een zwak voor de mensen die er kwamen en gingen. Dat had hij als kind al. Hij praatte het liefst met mensen van buiten: als een steen die een vogel vraagt wat er aan de andere kant van de berg is. In ruil daarvoor nam hij degene met wie hij vriendschap sloot mee naar een speciale plek, een groot donker meer dat wel wat op hem leek, en daar waren we die dag naartoe op weg. Onder het lopen wees hij naar dingen en vertelde me hoe die heetten, maar het waren geen dorpen of toppen die je op de officiële kaarten vindt: zijn kaart bestond uit een bos, een open plek, een kuil in de grond, of een zwerfkei ergens midden in een wei. Weet je hoe het hier heet? zei hij. De *pian de sardognes*, de *pra' pera'*, de *sasc murel*, de *borna de' grai*. Namen die in geen enkel kadaster voorkwamen. En niet veel mensen kenden ze nog: ooit werden er grenzen en percelen mee aangeduid, maar toen de mensen uit de bergen wegtrokken raakten ze in vergetelheid. Voor Remigio, die als jongetje zo dol was geweest op nieuwe woorden, waren verdwenen woorden een kwelling, net als de bouwvallen die we op onze klim passeerden. Ooit hadden ook die huizen een naam gehad: *Fontane*, *Champette*, *Brengatze*, *La Pelletzira*, elk huis een naam waar je soms de herkomst van snapte, maar die soms ook verwees naar iets of iemand waaraan geen herinnering meer restte. Eerst kwam het dak naar beneden, dan stortten de muren in, en het laatste wat bezweek was de naam: ze zouden de een na de ander verdwijnen totdat niemand meer kon zeggen hoe de steen, de open plek, de kuil heette – en de bergen zouden zich niet alleen van de mens hebben ontdaan, maar ook van diens verlangen de dingen een naam te geven. Soms herinnerde Remigio zich wel een naam, maar niet meer wat die betekende, omdat het niet meer was dan een klank die hij als kind had gehoord, en dan vroeg hij het zijn moeder van tweeënzeventig die vijf koeien en twee honden had en die buiten de tijd leefde, in gezelschap van vergeten woorden.

In de bouwvallen leidde hij me rond als een archeoloog. Hij knapte al zijn leven lang huizen op en had er eindeloos veel vanbinnen gezien. In oude kisten had hij documenten gevonden van drie-, vierhonderd jaar oud: testamenten, eigendomsoverdrachten, bouwaanbestedingen. Hij legde me uit dat ze vroeger, als ze opdracht gaven om een huis te bouwen, geen plattegrond tekenden maar een lijst maakten van de ruimtes waaruit het moest bestaan, alsof ze kozen uit een denkbeeldige catalogus: een stal, een hooischuur, een ruimte om rogge te dorsen, eentje om kaas te maken, balkons om het hooi te drogen. De bouwvallen die we bezochten waren nog eenvoudiger. Remigio wees me op details: de manier waarop een schoorsteen was gebouwd, een nis in de muur was aangebracht, of een boog boven een raam. Uit die details kon je afleiden wanneer ze gebouwd waren. Hij deed me de technieken haarfijn uit de doeken terwijl ik op de drempel stond te trappelen van ongeduld omdat het binnen donker was en buiten de zon scheen, en ik de weiden en bossen verre verkoos boven de doodse atmosfeer van die hoop vochtige stenen.

We hadden ontdekt dat we graag samen op pad gingen. We vertrokken laat in de middag, als de laatste bergwandelaars terugkeerden naar het dal: we klommen een uur of twee in een straf tempo, en bij zonsondergang hadden we de bergen helemaal voor ons alleen. We hielden steeds halt aan de voet van een keienveld om een nieuwe route uit te stippelen. Er was altijd wel een beek waarlangs we omhoog konden, of een spoor langs een couloir. Zullen we zo gaan? zeiden we. En al klimmend kwamen we dan gemzen tegen die ons verbaasd aanstaarden voordat ze er met twee, drie sprongen vandoor gingen: wat doen júllie hier op dit tijdstip? leken ze te vragen. Hebben jullie soms geen huis?

Remigio fotografeerde ze. Dat was het enige wat hij aan de passie van zijn vader had overgehouden. Het waren kuddes van vijftien, twintig exemplaren; niet de topkruisen of de tafels in een hut zorgden voor de vreugdemomenten op onze tochten, maar het in de ondergaande zon te midden van de rotsformaties oog in oog staan met gemzen. We hadden ze willen zeggen dat ze niet hoefden te vluchten, dat we alleen maar langsliepen. De angst die ze voor ons voelden was de enige onneembare grens: we mochten dan zwemmen in een meer, ons voeden met bosbessen en frambozen of slapen in een wei, maar als we ergens verschenen, vluchtten de wilde dieren en herinnerden ons eraan dat we niet een van hen waren, en dat ook nooit zouden zijn.

Ik was meer op mijn gemak onder watervallen of bij beken, in de buurt van stromend water; Remigio gaf de voorkeur aan stilstaand water. En zijn meer was ook nog eens uiterst mistroostig. Aan één kant was de berg ingestort en liep het keienveld abrupt steil af naar het water. De helling aan de andere kant was volledig gekoloniseerd door wilgen en alpenrozen en werd doorsneden door een beek die niet veel hoger ontsprong en het meer voedde. Ergens halverwege de berghelling, waar het terrein licht glooide en ruimte bood aan een paar weilanden, hielden enkele almhutten moedig stand. Een ervan was van Remigio. Hij was tegen een rotswand aan gebouwd, waardoor drie muren volstonden, en beschikte daardoor over een natuurlijke bescherming tegen lawines. Remigio wees hem aan door me stapje voor stapje met zijn vinger langs een denkbeeldig pad omhoog te leiden. Ten slotte meende ik ergens voor een rotswand iets te zien, in dezelfde kleur als de rotsen.

Zie je hem? vroeg hij.

Ja, loog ik.

Heb je zin om ernaartoe te klimmen?

Ja, best, zei ik. Laten we gaan.

# Bezoek in de almhut

In september kwam er iemand langs die kwam kijken hoe het met me ging. We hadden elkaar al een tijdje niet gezien. We verkeerden twee dagen in elkaars gezelschap, die me lang vielen omdat ze veel concentratie van me vergden. Toen hij was vertrokken, pakte ik mijn schrift en schreef:

> Ik zag vanochtend een hand en een voet van mijn vader onder de lakens uitsteken. Wat was het raar hem daar te hebben, op mijn slaapbank, gast in mijn huis. Mijn vader is een man die nooit veel heeft geslapen. Ook vanochtend stond er weer een leeg glas op de grond, met ernaast overal losse pagina's van de *Corriere* van

gisteren, zoals gebeurt met kranten die van a tot z worden gelezen. Hij was er waarschijnlijk de hele nacht mee zoet geweest, had ondertussen de Schotse whisky opgedronken die hij voor mij had meegenomen en was vermoedelijk pas in slaap gevallen toen het buiten al licht was. Hij had de lakens over zijn ogen getrokken tegen het licht dat door het dakraam scheen, en zo trof ik hem aan.

Hoe vaak zal ik mijn vader in bed hebben zien liggen? De laatste keer moet op een zondagmiddag in Milaan zijn geweest. Hij ontbood mijn zus of mij altijd in zijn kamer als hij wakker werd van ons geruzie. In het donker stelde hij vast wie de schuldige was en riep luidkeels zijn of haar naam, en dan sidderde de een en was de ander veilig. Ook later sliep hij niet: als ik dan 's nachts thuiskwam trof ik hem in de keuken aan met zijn grappa en zijn krant, en ik had liever gehad dat hij zou uitspreken wat zijn ogen zeiden, zodat ik had kunnen zeggen: hoor 'ns, het is míjn leven.

Nu het echt mijn leven was, mijn bank waarop hij sliep, mijn glas waaruit hij had gedronken, en hij slechts te gast was in mijn huis, was zijn vierenzestigjarige hand nog steeds dezelfde als toen hij veertig was. Doorleefd, donker, een en al knokkel, met de trouwring die hij niet meer af kreeg. De voet die onder de lakens uitstak leek op de hand, behalve de gele, dikke nagel van de grote teen, een kalknagel die het op de vele afdalingen zwaar te verduren had gehad. Mijn vader heeft nooit een goede bergschoen gevonden voor zijn rechtervoet. Van de liederen die hij me heeft geleerd, gaat mijn favoriete lied dáárover. *Met of zonder schoenen, ik wil mijn al-*

*penjagers aan mijn zij*. Hij had tijdens zijn militaire dienst in de bergen gezeten, en toen ik klein was zong hij voor me over de Eerste Wereldoorlog; die verhalen over schoenen, treinen, liefjes en wijn hoorden bij ons. Ik stelde me voor dat ik het laken optilde en dat hij weer een gitzwarte baard, gitzwart haar en een priemende blik had, en ik voelde dat ik kippenvel kreeg, zette de koffie op en liep naar buiten. Ik waste mijn gezicht onder de slang en pakte de kom waar de honden 's nachts de botten uit hadden opgegeten. Toen ik weer binnenkwam lag mijn vader al niet meer in bed.
Later, toen hij weer naar huis was, vond ik hoog in het bos een door de bliksem getroffen lariks waarmee iets heel raars was gebeurd. Een enkele tak helemaal onder aan de stam leefde nog. De bliksem had de stam kwaad berokkend maar de tak goed gedaan: die was op een of andere manier van richting veranderd, recht omhoog gegroeid en nu bijna een tweede stam geworden. En dus waren er van die oude lariks nu twee: de ene verbrand en kaal, de andere vol knoppen. Door wat er in de afgelopen dagen was gebeurd, bedacht ik eerst dat ík wellicht de nieuwe stam was, en de oude stam mijn vader. Maar daarna bedacht ik dat ik allebei de stammen was, de oude en de nieuwe, en dat ik in gespannen afwachting was van de bliksem, van het vuur dat je oude zelf doodt opdat er een nieuwe kan groeien. In dat geval was mijn vader niet meer dan een andere boom in het bos. Met een ruk draaide ik me om teneinde de confrontatie met hem aan te gaan.

# Lucky

Ik zweer dat als ik weer geboren word, ik geboren word als hond, zei Gabriele terwijl hij naar de door een stel vakantiemeisjes met kussen en knuffels overladen pup keek die hij die zomer had aangeschaft. Iemand, niet hijzelf, had hem Lucky gedoopt. De moeder was een bordercollie, de vader onbekend, hij was in het dorp geboren en was meegenomen naar de alm zodat hij van Wolf koeien kon leren drijven, maar wellicht had hij van zijn vader diens avontuurlijke aanleg geërfd, naast diens omgekeerde tekening. Hij was niet zwart met witte vlekken, maar precies andersom, had de magere flanken van een dier dat geschapen is om te rennen, en een belletje om zijn nek, waardoor je hoorde dat hij achter élke wandelaar aan ging. Gabriele schudde zijn hoofd als hij hem zag wegschieten. Koeien interesseerden het beest niet, maar mensen des te meer. Soms was ík die wandelaar en dan probeerde ik een tijdje op hem in te praten: nee, toe nou, niet achter me aan lopen, terug naar je baas! Lucky kwispelde. Als ik hem uitfoeterde en probeerde weg te komen, zag hij dat als een spelletje en liep me nog langer achterna. Totdat ik besloot dat hij dan maar mee moest, dat ik zijn klimvaardigheid zou testen. Voor zover ik weet zijn honden van nature geen klimmers, maar hij klauterde omhoog naar bergkammen en holde over richels als een jonge gems, en had werkelijk niets gemeen met de vervaarlijk uitziende, territoriale herdershonden die grommen tegen indringers die zich op hun weidegrond wagen. Waar kom je toch in godesnaam vandaan? vroeg ik, als hij, na op een rots te zijn geklommen, fier als een steenbok de dalen aftuurde. Ik vond het leuk als hij met me meeliep. Bij Gabriele hing er een ketting aan de muur en bij terugkomst legde ik hem dan met enige tegenzin vast, om te voorkomen dat hij me naar huis zou volgen. Dan wierp Lucky zijn kop in de nek en hief een treurig gejank aan – wat kan die een keel opzetten, zeg, zei Gabriele – terwijl Wolf op pad ging om de koeien naar de stal te drijven, trouw, alsof niets ter wereld hem meer interesseerde dan dat. Het waren stiefbroers die gedoemd waren elkaar te haten, het enig kind en het adoptiekind, de thuisblijver en de zwerver. Als ik terugliep naar Fontane, stopte ik mijn vingers in mijn oren om zijn gejammer niet te hoeven horen.

Afgezien van de duisternis die elke avond iets eerder intrad, wezen kleine tekenen erop dat de herfst was begonnen: de rijp op het veld voor het huis als ik 's ochtends met mijn koffie in de hand naar buiten stapte; de schaduwen van de lariksen om twaalf uur 's middags, die steeds langer werden; het wild dat zich weer liet zien nu de mensen weg waren: bij zonsondergang kwamen de reeën grazen op de weilanden, kwam de vos dichterbij op zoek naar voedsel. Als ik hout ging hakken, merkte ik dat het bos gonsde van bedrijvigheid – een eekhoorn die wegschoot over een stam, een haas die in het struikgewas sprong, bewegende schaduwen. Mario Rigoni Stern zegt dat de zomer hem van alle seizoenen het minst lief is omdat het leven zich dan voor de mens verborgen houdt en als het ware afwezig is, en dat hij van de herfst houdt omdat die ons dwingt weer scherper te kijken, onze oren te spitsen en te luisteren. Maar van de slaap die zich naar mijn gevoel langzamerhand van de bergen leek meester te maken rept hij niet. En ook niet van de drooggevallen beken, het door de nachtvorst verzengde gras, de geuren die elke dag zwakker werden: geen hooi meer, geen hars, geen mos. Het begon te ruiken naar houtkachels, en naar de mest die de herders uitstrooiden voordat ze vertrokken. Na alle regennachten zag ik dat sneeuw de bergtoppen nu wit kleurde – van vijfentwintighonderd meter afzakte naar vierentwintighonderd, drieëntwintighonderd meter – om vervolgens op een zonnige middag weer te smelten. Nu de vegetatie uitdunde, droegen alle geluiden verder: zo kon het gebeuren dat ik een tractor hoorde en dat ik die vervolgens een paar kilometer verderop in het dal zag langsrijden. Het verre geloei van motorzagen vermengde zich met de stemmen van de vrouwen die voorovergebogen in de moestuinen aardappelen aan het rooien waren. Elke avond hoorde ik boven me: Lucky! Lucky! En soms, maar niet altijd, het belletje dat die roep beantwoordde.

Gabriele kwam langs. Heb je Lucky gezien? vroeg hij. Nee, ik had hem niet gezien. Hij was al een hele dag weg en we zouden tot de dag daarop geen benul hebben waar hij uithing. Toen belden ze uit het asiel en zeiden ze dat hij was gevonden in een schoolbus, toen alle kinderen waren uitgestapt en alleen de chauffeur nog over was, dertig kilometer verderop. Niemand had enig idee hoe hij erin had weten te komen, maar hij had er zijn actieradius flink mee vergroot. Al snel ontdekten we dat hij niet alleen een zwak had voor bergpaden maar blijkbaar ook voor asfaltwegen, want hij stapte in elk voertuig dat voor zijn neus de deuren opende. Zodra hij dat had geleerd, gaven de asielen in de buurt elkaar Gabrieles nummer door, en met de telefoontjes begonnen ook de boetes binnen te komen.

Die hond is een beatnik, zei ik.

Hè? zei Gabriele, die niet erg in de stemming was voor literatuur. Hij was kwaad en dat was te begrijpen: hij had Lucky meegenomen om te werken, maar in plaats daarvan moest hij dokken voor diens uitspattingen. De ketting veranderde van strafmaatregel in norm. Als ik langsliep en zag dat hij vastlag en los wilde, mocht ik hem meenemen op mijn wandeling, maar als ik na alle feestvreugde, het geren en het achternazitten van marmotten, de musketon weer aan zijn halsband moest klikken, voelde ik me schuldiger dan ooit.

Ken je iemand die een hond wil? vroeg Gabriele steeds vaker, op afstandelijke toon, om zijn weemoed te verhullen. Zijn genegenheid voor het beest was bijna verdwenen, maar nog niet helemaal. Volgens mij hield hij van Lucky's zwerversinborst. Lucky, Lucky, leek hij te denken, konden we maar vrienden zijn, jij en ik, en dan aaide hij hem nog maar eens weemoedig. Vanuit zijn hoekje sloeg Wolf het tafereel gade met zijn snuit op de grond, tanden half ontbloot, zijn ergernis ternauwernood ingetoomd door een laag, ingehouden gegrom.

* *
*

Ik wilde geen hond, had er nooit een gewild. Ten eerste zou die me verhinderen te reizen. Ten tweede zou die me afhouden van het schrijven. Ten derde, vierde en vijfde zou die me van een aantal vrijheden beroven op manieren die ik me niet eens kon voorstellen. Daar kwam bij: hoe zou ik het kunnen verdragen 'baas' te zijn? Dus toen ik met Lucky over de drempel van mijn hut stapte, was ik eerder bezorgd dan blij. Ik besloot om eten te maken, omdat dat nu eenmaal mijn manier was om vriendschap te sluiten met bergbewoners: ik zette pasta op voor twee, maar hij verorberde zijn én mijn portie, zo'n honger had hij. Toen dat op was, eigende hij zich het donkere hoekje onder de tafel toe. Ik sneed voor mezelf een stuk brood en wat kaas af, ging aan tafel zitten en opende mijn schrift, zoals ik de laatste tijd graag deed: wat neerkrabbelen terwijl ik iets naar binnen werkte. Met Lucky bleek die gewoonte een kort leven beschoren. Hij rook de kaas, stond op, legde zijn snuit op mijn benen, kwijlde op mijn broek. Hij kreeg de korst, en nog wat meer. Ik had nog geen letter op papier gezet toen hij het onder de tafel al zat was en naar de deur liep. Hij keek naar de deurknop, keek naar mij, kwispelde, liep terug naar de tafel om me te halen, liep wéér naar de deur. Het belletje om zijn nek verwoordde zijn rusteloosheid.

We moeten gaan en pas stoppen als we er zijn, zei Neal tegen Jack, en Lucky tegen mij.

Waar gaan we heen? vroegen we.

Ik weet het niet, maar we moeten gaan.

Ik bedacht me dat zijn belletje nergens meer toe diende en dus deed ik hem de leren halsband af waar het aan vastzat en hing die aan een spijker in de muur. Einde van je carrière als herdershond, Lucky, zei ik. Ik dacht dat hij wel blij zou zijn dat hij van die herinnering aan zijn gevangenschap verlost was, maar symbolen lieten hem koud, hij was alleen geïnteresseerd in actie. En toen deed ik eindelijk de deur open en gingen we een eind lopen.

# Terug naar het dal

De laatste zaterdag van september brak aan, en er woei een ijskoude wind die me het gevoel gaf dat er niet veel zaterdagen meer zouden volgen. Toen ik het ezelpad op liep, kwam me een lange, trage rij koeien tegemoet, met eromheen honden en kinderen die opletten dat er geen een achterbleef, aan de kop van de stoet een man en aan de staart zijn vrouw, achter het stuur van een tractor met een aanhanger vol spullen. Het was de *desarpa*: de herders verlieten de almen – niet vanwege de kou maar omdat het gras op was. Ze liepen zwijgend naar beneden, zonder de beesten te hoeven aansporen of met elkaar te praten, en ik wist niet of hetgeen ik op hun gezichten las moeheid of melancholie was. Een paar van hen groetten me zelfs. Is dat jouw hond? vroegen ze. Hij woont bij me, antwoordde ik in verlegenheid gebracht, omdat ik niet in staat was te bedenken of te zeggen dat Lucky *van mij* was.

Boven maakten we een rondje langs de uitgestorven almen waar tot voor kort koebellen hadden geklonken. Lucky snuffelde en rook hier en daar het leven dat net was vertrokken: vergrendelde deuren en ramen, lege mestkuilen. De kanaaltjes die het water vanuit de bergbeken naar de drenkplaatsen en de stallen voerden, waren drooggevallen. In de weilanden stonden de geroeste, omgekeerde badkuipen er verlaten bij. In het gras tractorsporen, gedroogde koeienvlaaien, het paaltje waaraan de hond vast had gezeten. Het leken spullen die waren achtergelaten bij een haastige uittocht, alsof er oorlog of een epidemie was uitgebroken. Alleen de brandnetels stonden nog fier overeind, maar die groeien het best op plekken waar niemand meer is, ze duiden op leegloop.

Toen ik de laatste weilanden achter me had gelaten, stak ik met één sprong de beek over: in juni had ik nog mijn schoenen en sokken moeten uittrekken om erdoorheen te waden, nu restten er nog slechts wat poelen waar forellen in vast waren komen te zitten – ik had ze zo met mijn handen kunnen vangen. Het water van de meren was loodgrijs, bijna zwart. De noordoevers gingen schuil onder een bevroren sneeuwkorst. Lucky likte eraan, beet er stukken uit; iets in hem was gemaakt voor de winter, en hij was opgewonden omdat hij voelde dat die eraan kwam. Ik daarentegen was gemaakt voor de zomer, en ik ervoer opluchting toen ik naar beneden liep en weer gras onder mijn voeten voelde.

Op weg naar Gabriele zag ik in gedachten mijn vriend voor me die zich verwarmde met een kop koffie met almboter, suiker en rode wijn: een hels brouwsel dat ik een paar keer, om redenen die met gastvrijheid en trots te maken hadden, noodgedwongen tot me had moeten nemen. Ik hoopte dat me dat niet weer zou overkomen. Ik trof hem aan voor de stal, met kloofwiggen en een moker bezig een houtstapel weg te werken die hoger was dan hij zelf. Nu Wolf en Lucky niet langer hoefden te doen of ze broers waren, spreidden ze openlijke vijandigheid tentoon: ze draaiden met rechtovereind staande nekharen om elkaar heen, en ineens gooide de oudste de jongste met een tik van zijn poot omver, pinde hem tegen de grond en boorde zijn tanden in zijn schouder. Lucky jankte van pijn en van schrik. Wolf! schreeuwde Gabriele. Hij smeet een blok hout naar hem toe en de hond liet los, zodat Lucky kon ontsnappen en naar huis hinkte, waarna Wolf wegliep, gekrenkt, als iemand die alleen maar zijn rechten had doen gelden. Enigszins geschokt door de gewelddadigheid van het tafereel keek ik naar Gabriele. Honden, zei hij schouderophalend. Ook ik zou er snel aan gewend raken.

De oude lariks was waarschijnlijk gedraaid gegroeid en voelde er niets voor om brandhout te worden: om hem te splijten waren er wel drie of vier wiggen nodig en veel meer krachtsinspanning dan normaal. Gabriele was blij dat hij even de moker neer kon leggen en op adem kon komen. Toen ik hem vroeg of het hem niet treurig stemde iedereen te zien vertrekken, veinsde hij onverschilligheid, alsof er voor hem niets veranderde als hij alleen achterbleef. Wat hem betreft, hij piekerde er niet over om af te dalen: overmoedig verklaarde hij dat het slechts een kwestie van voorraden was, met een volle kelder zou hij het daar prima uithouden tot de kerst. Maar ik zag aan zijn blik, aan de manier waarop die me ontweek, dat zijn grijns een pose was en dat ook hij niet echt vrolijk werd van de herfst.

Wat is het vandaag, zaterdag? vroeg hij. Wat zeg je ervan, zullen we naar het dorp gaan om onze keel te smeren?

Ik bedankte, waarmee ik me aan mijn plicht als drinkmaatje onttrok. Ik wist dat ik hem teleurstelde, maar de laatste keer dat we onze keel hadden gesmeerd, had het me twee dagen gekost om ervan bij te komen, en dit had alles in zich om op een treurige en kwade dronk uit te lopen.

Toen ik bij mijn hut kwam, zat Lucky op het balkon zijn wonden te likken. Hij had een gat in zijn dij waar bloed uit kwam. Je snapt nu zeker wel dat je uit zijn buurt moet blijven, zei ik. Een wrede tijd, de herfst, die ook ons wreed maakte.

De dag daarop vertrokken ook mijn buren. Meer dan vanwege de mensen, met wie ik nooit echt een band had gekregen, vond ik het jammer vanwege de honden. Ik zou het geluid van het belletje gaan missen waarmee ze hun bezoek aankondigden. Omdat Mots stapvoets liep, Billy draafde en Bliksem galoppeerde, had ik zelfs geleerd ze aan hun geklingel te herkennen. Ze gingen weg zonder afscheid te nemen, en ik dacht: maar beter ook. Het is bekend dat honden helemaal niet houden van afscheid nemen, en ook ik ben niet dol op plichtplegingen. Weer een stukje zomer minder, uitgebloeid, ter ziele; als er van mijn seizoen niets meer over zou zijn, kon ik de deur achter me dichttrekken en weggaan.

Maar in plaats van Mots, Billy en Bliksem kwamen er andere honden, en die kondigden hun komst niet aan met belgeklingel. Op een ochtend in oktober werd ik gewekt door hun geblaf. Ik deed de deur open en keek naar buiten, terwijl ik Lucky vasthield om te voorkomen dat die aan het vechten zou slaan, en zag een meute brakken het bos in en uit hollen, gehoorzamend aan het geroep van twee onbekenden. Ze hadden verrekijkers om hun nek, camouflagepakken aan en geweren om hun schouder. Ik had er nooit bij stilgestaan dat op zekere dag het jachtseizoen zou beginnen. De honden holden hysterisch heen en weer, opgewonden door de geur van wild: na die eerste keer herhaalde het tafereel zich elke ochtend en weerklonk in de uren rond zonsopgang het lawaai van geweerschoten. Lucky verschanste zich dan onder het bed en ik bad tot de god van het bos dat de schoten geen doel zouden treffen. Ik dacht aan de reeën, de gemzen, de zo gewilde herten. Doordeweeks veranderde de open plek aan het eind van de weg bij zonsondergang in een verzamelplaats voor jagers: op dat tijdstip kwamen de herten tevoorschijn om te grazen aan de rand van de weilanden, waar het bemeste gras sappiger is dan op de open plekken in het bos. Zes dagen lang hielden de jagers door hun verrekijker in de gaten wanneer ze zich waar bevonden. Ze telden ze, schatten hun gewicht, kozen ze alvast uit. Het leek of ze zeiden: die is van mij, die neem ik, en wee degene die hem van me afpakt. De herten wisten niet dat de zevende dag fataal zou zijn, dat ze zich 's zondags schuil zouden moeten houden, de sabbatdag zouden moeten heiligen.

Elke ochtend liep er een oude jager langs mijn hut. Hij dwaalde door het aangrenzende bos, wellicht omdat hij niet in staat was grotere afstanden af te leggen. Op een dag hoorde ik twee schoten, en even later zag ik hem weglopen met een haas aan zijn middel, opgehangen aan de achterpoten, de lange grijze oren slepend over de grond. Vanbinnen wist ik zeker dat het mijn vriend was. De haas waarvan ik in de lente de sporen had gevonden toen ik gebukt ging onder de eenzaamheid, een ontmoeting die zo waardevol was geweest; dezelfde haas die me elke avond vanuit de verte opnam en die me met de hoop vervulde dat hij vroeg of laat zo aan me zou wennen dat hij de moed zou vinden om dichterbij te komen. Nu schaamde ik me voor die geduldige domesticatiepoging, het bleek een valstrik: hoe kon de haas het verschil zien tussen mij en die man met dat geweer? Ik vond zijn dood een onverdraaglijk misdrijf en haatte de oude man uit de grond van mijn hart.

# In het wit

Gisterenmiddag is het gaan sneeuwen.
Droge, winterse poedersneeuw die de wind overal heen deed wervelen en die zich neervlijde op de drempel van het huis en op de houtstapel tegen de muur.
Hè? In oktober? dacht ik.
Zelfs de lariksen hadden geen tijd gehad zich van hun naalden te ontdoen. Hun takken zakten door en braken soms zomaar af. Ik hoorde de herten niet meer burlen en de jagers niet meer schieten.

's Avonds bleef ik bij het raam zitten lezen en naar buiten kijken. De vlokken verlicht door de lampen in huis. Een boek van Sylvain Tesson, *Zes maanden in de Siberi-*

*sche wouden*: het Bajkalmeer, sigaren, wodka, overpeinzingen van een verre zielsverwant.
Het sneeuwde nog steeds, en ik had nog maar net het eten opgezet toen de gasfles leeg was. Het blauwe vlammetje werd geel, sputterde en ging uit.
Dag soep, dacht ik.
Ik wikkelde vier aardappelen in aluminiumfolie en legde ze op de gloeiende houtskool in de kachel; een uur later waren ze knapperig en geblakerd, en at ik ze met wat zout, en rode wijn.

* *
*

Om een uur of negen liet ook het licht me in de steek. De lamp boven tafel ging uit. Het liedje op de radio stopte halverwege. De koelkast hield opeens op met brommen.
Het hele huis hulde zich in duisternis en stilte, op het geknapper van het vuur en de muis die sinds twee dagen in de keukenkast scharrelde na. De sneeuw buiten maakte geen enkel geluid.
Ik berustte erin, wat kon ik anders?
Ik trok de slaapbank uit, maakte mijn bed op bij het schijnsel van de kachel, stouwde die flink vol en ging slapen. Het geluid van het knetteren in het donker was aangenaam gezelschap.
Na een tijdje hoorde ik een hond die heimelijk van zijn plekje onder de tafel vandaan kwam en stilletjes op mijn bed probeerde te gaan liggen, alsof ik dat niet zou merken. Hij rolde zich op aan het uiteinde en ik schoof mijn voeten onder hem.

Terwijl het boven me, buiten, rondom me maar doorsneeuwde heb ik die nacht vermoedelijk gedroomd dat ik een verhaal schreef over een man bij wie alles het begaf, het gas, het licht en zijn pen, en wiens leven in één klap tot de absolute essentie werd teruggebracht.

Vanochtend was de wereld een blanco pagina.
De hemel schoongewassen, het blauw nóg dieper door het contrast met de besneeuwde bossen.
Ik ging naar buiten om te zien hoeveel er was gevallen, en ik was de drempel nog niet over of ik zakte er al kniediep in weg.
Lucky was in zijn element: hij rende met grote sprongen voor me uit, dook in de verse sneeuw, hapte er gretig in, rollebolde. Misschien ben je wel een sledehond geweest, zei ik tegen hem, ben je geen autokaper maar een goudzoeker.
Bij de eerste zonnestralen ontdeden de lariksen zich pardoes van hele ladingen sneeuw en bleken daaronder geel en groen te zijn.

Als ik een fototoestel had gehad, zou ik verticale foto's hebben gemaakt omdat ik die bomen, de sneeuw en de lucht zo mooi vond. Een besneeuwde lariks in het ochtendlicht heeft iets plechtigs. Ik dacht aan Pavese: 'Ik voor mij geloof dat een boom en een steen die zich tegen de hemel aftekenen, aanvankelijk goden waren.'
Thuis maakte ik wat hout ijsvrij, stak het vuur aan, herinnerde me weer dat ik geen gas had. Ook het licht deed het nog steeds niet. Dus zette ik koffie op de gloeiende houtskool, op z'n Turks; het pannetje werd van onderen helemaal zwart.

Toen ik aan tafel ging zitten, lag mijn schrift daar op me te wachten: gisteren, jaren geleden gestopt, precies bij die regel, exact op het punt waar ik was gebleven toen het begon te sneeuwen.

# Een afscheidsdronk

'Het einde is belangrijk in alle dingen,' staat in *Hagakure*. Dat was waar ik de laatste dagen in de hut aan dacht: dat ik goed wilde eindigen. 's Ochtends wekte Lucky me door mijn gezicht te likken en dan gingen we samen kijken wat de vorst teweeg had gebracht: ik brak de lange ijspegel af die aan de waterslang hing, omklemde hem totdat hij aan mijn huid bleef plakken en gooide hem daarna in het water, waar hij bleef drijven tot hij smolt tussen de lariksnaalden. Als het een heldere nacht was geweest, wees de buitenthermometer min vijf aan. Binnen stak ik de kachel aan, maakte koffie, reconstrueerde de routes van de muis die me gezelschap hield. 's Nachts had hij het aanrechtblad verkend, het fornuis, de gootsteen, had een rondje gemaakt over de plank met pasta en rijst en had geprobeerd wat broodkruimels tussen de vloerplanken uit te vissen. Ik wist niet meer wat ik met hem aan moest: aanvankelijk was hij verlegen en kwam hij alleen in het holst van de nacht tevoorschijn. Maar al snel had hij begrepen dat hij een tolerante huisbaas had en was hij steeds overmoediger geworden: nu liep hij zelfs gewoon rond als ik stond te koken. Zo kan het niet verder, zei ik tegen mezelf, terwijl ik de hut van zijn sporen ontdeed. Ik had een beroep moeten doen op de ruwe bergbewoner in me, de bezem moeten pakken en hem afmaken. Mijn stok was niet lang daarvoor gesneuveld toen ik een beek overstak. De metalen punt was klem komen te zitten tussen twee stenen, ik had geprobeerd hem los te wrikken en *krak*. Ik had besloten niet op zoek te gaan naar een nieuwe, want die zou ik toch niet meer nodig hebben. Wel had ik de stukken van mijn oude stok bewaard. Die met mijn Opinel geschilde en in de zon gedroogde, door de stenen van de keienvelden bekraste en door mijn zweet glimmend opgepoetste alpenden die me een zomer lang op mijn tochten had vergezeld, zou de laatste avond in de kachel verdwijnen. En daarmee zou er misschien een einde komen aan mijn liefde voor muizen, voor stokken en voor mijn schoenen, die inmiddels van ellende uit elkaar vielen.

Gabriele bleef volhouden dat hij pas naar het dorp zou afdalen als de wijn op was. Erg vermakelijk, maar ik had geleerd zijn geestigheden te doorzien. De mandflessen waren al een tijdje leeg, we hadden ons al verlaagd tot het kopen van dozen in de supermarkt. In feite hadden Gabriele, Remigio en ik zonder het te overleggen alle drie besloten eind oktober te vertrekken. Er was sneeuw op komst, echte sneeuw dit keer. De een had al een kamer gevonden in het dorp en was die aan het ontdoen van de oude meubelen zodat hij er een kachel, een veldbed en een tafel kon neerzetten; de ander zou verkassen naar zijn winterhuis, ook al zou hij ook dát nooit *thuis* noemen; en ik zou teruggaan naar de stad, om in de file op de Ghisolfa-brug door het autoraampje naar de bergen te kijken. Maar eerst moest ik een laatste plan ten uitvoer brengen: al heel lang wilde ik hen een avond samen uitnodigen, maar elke keer als ik het vroeg, hielden ze de boot af. Om een of andere reden waren ze, hoewel ze elkaar al een eeuwigheid kenden, nooit bevriend geraakt, en dat vond ik jammer, want ik mocht hen alle twee erg graag. Op een dag in oktober vatte ik de koe bij de hoorns en zei: luister, ik kook vanavond, jullie nemen iets te drinken mee en geen uitvluchten meer, beschouw het maar als een cadeau van jullie aan mij. Aldus geschiedde. Een beetje ongemakkelijk stonden ze bij het invallen van de duisternis voor de deur, elk met een fles wijn en in zijn goeie goed. 'Ik had drie stoelen in mijn huis,' schreef Thoreau, 'een voor eenzaamheid, twee voor vriendschap, drie voor gezelschap.' Ook ik smaakte op de valreep het genoegen van gezelschap, ons kleine berggezelschap. Als ik daarboven íets goed heb gedaan, als ik één ding moet uitkiezen waar ik trots op ben, dan is het dat ik mijn vrienden voordat ik vertrok aan dezelfde tafel heb laten aanzitten, dat we het samen fijn hebben gehad.

De laatste dag maakte ik de hut winterklaar. De as uit de kachel strooide ik uit in de verwilderde moestuin. Als mest was die waarschijnlijk niet veel zaaks, maar ik had het idee dat het goed was om te doen: het was alsof ik die in de lente bezweken lariks teruggaf aan de bergen. Met een paar scheppen aarde vulde ik het gat in de grond waar ik altijd het buitenvuur maakte, en het overgebleven hout stapelde ik op onder het balkon. Ik legde de zaag, het snoeimes, de schep en de hark binnen. Daarna waste ik mijn handen onder het ijskoude water uit de slang en keek om me heen. De plek zag er weer precies zo uit als ik hem de eerste dag had aangetroffen; alleen Lucky, die er die dag niet was geweest, keek me aan en snapte het niet. Ben je klaar voor de stad, arme hond? vroeg ik. In zijn hele leven had hij nog nooit een riem of een stoep gezien. We zullen erg veel van elkaar moeten gaan houden, jij en ik, zei ik. Misschien leer je me wel om er met de eerste de beste auto die voorbijkomt vandoor te gaan.

Tegen de lunch kwam Gabriele langs en zei: ik ben niet zo goed in afscheid nemen. Ik ook niet, antwoordde ik. Nou, dag dan maar, zei hij. Hij had geen mormels meer, hij werkte alweer bij de skiliften. Ze demonteerden de stoeltjes, olieden het raderwerk en draaiden de bouten aan met het oog op het skiseizoen. Hij verdween op zijn tractor, Wolf hapte naar de achterwielen, zoals hij altijd deed, blafte en ging dwars op de weg staan, als om te zeggen: ho stop, waar ga je heen, keer om. Toen ik bij Remigio langsging om hem gedag te zeggen, werkte hij me de deur uit en deed alsof hij belangrijke dingen te doen had. Even later sms'te hij me om zich te verontschuldigen: hij was somber en had het niet kunnen opbrengen me te omhelzen. Ook hem begreep ik maar al te goed.

Ik was al een tijdje niet naar boven gelopen. 's Ochtends was de berg bedekt met een laag ijs, en dus profiteerde ik van de zonnige middag. Ik vertrok meteen na de lunch, met Lucky; we zetten de vaart erin omdat ik wist dat ik maar een paar uur had voordat het donker werd. Het was alsof ik een filmopname maakte om mee terug te nemen. Op de kam aankomen en na al die maanden nog een onbekende berghelling ontdekken, over een nog nooit gekozen pad lopen. Aan de andere kant afdalen tot aan een door de vorst verzengd weiland. Door het raam van een dichte almhut naar binnen gluren: de tafel, de stoelen, de stapel borden op de plank, de conservenblikken, alsof iemand net de deur uit was gegaan en alvorens te vertrekken een beetje had opgeruimd. Daarna de bergen bestuderen en een mooie hoge lijn kiezen, mooi voor wie de schoonheid kent van buiten de paden lopen, en traverseren in het spoor van de gemzen. Langs verlaten holen komen, afgebroken boomstammen, door de herfst geel opvlammende lariksen, tussen de kale alpenrozen een keienveld oversteken door van steen naar steen te springen. Je handen en je gezicht natmaken in een beek. Oktoberbosbessen proeven, de planten inmiddels zonder blad maar nog vol vruchten, bevroren door de nachtvorst, verschrompeld, donker, zoet als rozijnen.

Als kind deed ik dat ook altijd, een laatste tocht maken om afscheid van de bergen te nemen. Ik schreef briefjes en verstopte die in rotsspleten, in scheuren in de boomschors, zodat mijn woorden daar ook na mij zouden blijven.

Het is zover, zei ik tegen Lucky. We moesten gaan. Ik kende alle dromen al die ik die winter zou dromen.

# Geciteerde werken

Fabrizio De André, *Non al denaro non all'amore né al cielo* [*Niet voor het geld, noch voor de liefde of voor de hemel*], Produttori Associati, 1971
Daniel Defoe, *Het leven en de wonderlijke avonturen van Robinson Crusoe*, Unieboek Het Spectrum, Houten, 2013
Jon Krakauer, *De wildernis in*, Prometheus, Amsterdam, 2014
Primo Levi, *Het periodiek systeem*, Meulenhoff, Amsterdam, 1989
Cesare Pavese, *Gesprekken met Leuco*, De Bezige Bij, Amsterdam, 1994

Antonia Pozzi, ‘Parole’, in: *Tutte le opere* [‘Woorden’, in: *Verzameld werk*], Garzanti, Milaan, 2009
Élisée Reclus, *Histoire d’une montagne* [*Geschiedenis van een berg*], Actes Sud, Arles, 2006
Mario Rigoni Stern, *Le vite dell’altipiano. Racconti di uomini, boschi e animali* [*Levens in het hooggebergte. Verhalen over mensen, bossen en dieren*], Einaudi, Turijn, 2013
Sylvain Tesson, *Zes maanden in de Siberische wouden*, De Arbeiderspers, Amsterdam, 2010
Henry David Thoreau, *Walden*, De Bezige Bij, Amsterdam, 2015
Tsunetomo Yamamoto, *Hagakure. Het boek van de samoerai*, De Driehoek, Waarbeke, 2007